いとしい

1

長く伸びている姉の髪にからまってしまったことがある。

なだらかに広がる姉の髪は、七歳のときに腰に届いて以来短く刈られたことがない。初期のころは母の意向によって、のちには姉自身の意向によって、その髪は腰と尻の間の長さを行きつ戻りつすることになる。

からまったのは、夏だった。

花ござを敷いて、姉と私は昼寝をしていた。ガラスの赤い風鈴がちりりと鳴り、ちりりを十二回まで数えたところで私は眠った。数をかぞえるのは私の習いで、歩くときには電信柱の数をかぞえるし、洗濯物をたたむときにはたたみ曲げる回数をかぞえるし、映画を見るときには画面にあらわれる犬の数をかぞえる。かぞえるものがなくなって手持ち無沙汰(ぶさた)になれば、指を使って二進法の勘定をする。

右手親指一回折って、一。親指開いて人さし指折って、二。人さし指と親指同時に折って、三。人さし指親指開いてかわりに中指折って、四。中指に親指を加えて、五。親指開いて中指と人さし指で、六。そうやって指折り式二進法でかぞえていくと、両手で千二十三までかぞえることができる。その後は右足の親指も使うことが稀にあるが、それ以上の指は自由に曲げ伸ばしできないので、足まで動員して二千四十七が限度なのだが、二千四十七までかぞえるうちには、次にかぞえるべきものが目の前にあらわれるという寸法である。

かすかなだるさを感じながら昼の眠りから目覚めると、姉の髪が私の左足にからまっていた。

頭を並べていたはずの姉は、くるりと回転して逆さになっている。

「ユリエちゃん」呼びかけたが、姉は鼾のまじった寝息をたてるばかりだった。姉の細い髪は私の足くびを十重二十重に巻いてから、さらに畳に向かって伸びていた。左足を動かせば、姉の頭もこきざみに揺れる。中が空になった軽い玉みたいに、くっくっと揺れる。

「ユリエちゃん」ふたたび呼びかけると、姉の鼾は高くなった。たぬき寝入りにちがいなかった。

目の前にある姉の足の裏をくすぐると、姉はひゅっという音をたてて笑った。笑いながら薄目になって私をうかがう。

「どうしてこんなことしたのよ」髪は強く巻きつき、取ろうとしてもこんがらがった糸の束のようにきつく結ぼれるばかりなのである。

「マリエちゃんあんまりよく眠ってるんだもの」姉は口をとがらせながら、少しばかり得意そうに答えた。額に汗の玉が浮いていた。汗は花ござに何粒でも垂れた。

「とってよこれ」

姉は汗を垂らしながら肘（ひじ）をつき、髪を解こうとした。しかし不器用な手は、髪をさらに巻きつかせるばかりだった。あらら、などと言いながら姉は両の肘をついて私の左足にかがみこむ。汗がふくらはぎに垂れてきて、いやだった。

「ごめん、とれない」そう姉が言うころには、髪はめちゃくちゃにからみついてしまっていた。

「どうするのよ」途方にくれて言うと、姉はふふと笑ってから、

「一生このままでいようよ」と言い、肘をつくのをやめて頭を花ござの上に落とした。肘にはござの跡がくっきりとついていた。

「ばか」と言って姉の足の裏をふたたびくすぐると、姉はまたひゅうひゅういう笑い声をあげてますます汗を垂らした。そのうちに姉も私の足の裏をくすぐりはじめ、巴（ともえ）の紋のようにお互いを追いかけるかたちになった私たちは、しばらくお互いの足の裏をさわりあいながら

笑いころげた。

からまりあった私たちを母がていねいにほぐしてくれるまで、私たちは汗をたらたらと流し、その私たちの上にかぶさるように影を落とす濡れ縁ぎわの桜の木の幹では、蟬がわんわん鳴いていた。十代になる少し前の夏だった。

姉が生まれた十一カ月後に私が生まれ、それからちょうど一年後に最初の父が死んだ。最初の父という呼び名もおかしなもので、ほんものの父なり生みの父なりといった呼びかたをすればいいようなものだが、顔も覚えていない父のことを、ことさらほんものの父などと呼ぶのも妙だった。

最初の父は白黒写真の中で必ず帽子をかぶっている。

ソフト帽のときもあるし、カンカン帽のときもある。ごくまれに鳥打ち帽をかぶっているときもあった。鳥打ち帽はぜんぜん似合っていない。帽子のおかげで、最初の父は目のあたりに陰のある気難しい人間に見えた。たんなる帽子の陰影なのだろうが、どうしてもそう見えてしまう。

姉と私はひそかに最初の父のことを『お帽子様』と呼んだ。『お帽子様』は、家族の誕生日には苺のショートケーキ一台それに桃色のカーネーション五本ほどの花束を買ってくるひとのように見えた。自分の誕生日には鯛の尾頭つきを所望するひとのように見えた。帰宅時には必ず玄関に迎え出て「おかえりなさい」と言わねばならぬひとのように見えた。

「お父さんって、どうしていつも帽子かぶってたの」姉が母に聞いたことがある。

母は少し考えてから、

「安心するって言ってたことがあるわねえ」と答えた。

「家の中でもかぶってたの」

「まさか」

母はそう言ったが、きっと『お帽子様』は家の中ではベレー帽をかぶっていたにちがいないと、姉と私はあとでこっそり言いあった。言いあったばかりでなく、『お帽子様』のかぶっていた帽子を見つけだすために、あらゆるがらくたを放りこんである天井裏の長持ちの中を一時間もかけて探しまわった。しかしベレー帽はあらわれず、それどころか写真の中で『お帽子様』がかぶっていたはずのソフト帽もカンカン帽も鳥打ち帽も見つからなかった。

「捨てたのかな」私がつぶやくと、姉はしたり顔で、

「たぶんお棺の中に入れて一緒に焼いたのね」と言った。

「お棺」

「死んだひとがものすごく大切にしてたものは、お棺に入れて一緒に焼くものなのよ」姉が重々しく言い、私もあわてて重々しく頷いた。

そのころまだ二番目の父は健在で、姉も私も葬式というものを実際に目にしたことはなかったのであるから、お棺に入れて云々という言葉は、おそらく姉が好んで読んでいた感傷的な読み物から借りてきたものだったのだろう。

「お母さんに聞いてみようか、帽子、焼いたのって」

「おやめなさい」

姉はさらに重々しくたしなめた。

「お母さんを悲しませるようなことを言うもんじゃないわ」

姉と私は顔を見あわせて、ともかくできるかぎりの重々しさで頷きあった。

「ねえ、ユリエちゃんは死んだら何をお棺に入れてもらうの」

長持ちの中の母の古い着物や男持ちの時計やガラスの厚い皿などを出しては床に並べていた姉は、しばらく考えこんでいたが、やがてきっぱりと答えた。

「お猿」

マリエちゃんはなに入れるの、という姉の問いには何と答えたのかよく覚えていない。お人形だのビーズ玉だの、ありそうな答えをしたにちがいない。

結局『お帽子様』の帽子がどこにしまいこまれたのか確かめることはできなかった。ほんとうにお棺の中に入れて焼いたのかもしれない。

二番目の父は猿を飼っていた。母と再婚する前から飼っていたその猿は、名をタマといい、二番目の父によると猿のタマは正式には四代目タマなのであった。二番目の父の最初の奥さんは動物好きで、結婚してから飼いはじめた猫が一代目タマ、二代目タマは文鳥で三代目タマは犬だった。三代目タマの寿命が尽きるのとほぼ同時に最初の奥さんも重い病を得、奥さんが亡くなったのち、淋しさをまぎらわすために、二番目の父は四代目タマを飼いはじめたのであった。

四代目タマが来てからほどなく二番目の父は母に出会い、一年後に再婚した。再婚前に母と姉と私が連れだって二番目の父の家に行くと、猿を肩にとまらせた二番目の父が私たちを玄関に出迎えてくれたものだった。

「あっ、お猿」いつも姉は叫び、あとは誰が何を話しかけてもうわの空で、猿のまわりをうろついてばかりいた。何回かの二番目の父と猿との会見ののちに母と二番目の父は再婚し、二トントラック一台ぶんの荷物と共に私たちは二番目の父の家に移り住んだ。

二番目の父の家は、戦前から建っていたという古い家で、濡れ縁もあればくすんだ大きい梁もあれば天井裏もあるといったつくりの家だった。天井裏は姉と私の恰好の遊び場になり、私たちは何時間でも天井裏に籠もっては、ごっこ遊びを行った。お姫さまごっこだの泥棒ごっこだのの中で、姉と私がいちばん好んだのは『お屋敷ごっこ』という遊びであった。

お屋敷にはたいそう年をとった位の高いお猿が住んでいて、名を大タマ様といった。大タマ様にはひとり息子がいて、名は小タマ様という。大タマ様は賢く気高いことで知られていたが、小タマ様は大タマ様には比ぶべくもない、凡庸なお猿だった。それどころか、少しばかりばかだと思われていた。小タマ様が好むのは毬遊びで、日がないちにち毬を蹴ったりついたりして過ごしていた。毬を蹴っていないときには紙に何やら書きつけては一人で笑ったり怒ったりするので、家来たちも気味悪がってそばに寄らなかった。

しかしこのような話の通例のごとく、小タマ様はけしてほんもののばかというわけではなかった。とうぜんその姿は世を欺く仮の姿だったのである。お屋敷に敵対する隣村のお猿ポチ一族の台頭がはなはだしく、小タマ様が世にも稀な賢猿であることが知れわたれば、すぐにも間者が放たれ暗殺されてしまうにちがいなかったのだ。小タマ様はそのようなわけで、来る日も来る日も毬をつき紙に文字を書き散らしつづけた。

やがて小タマ様は二十歳の美しい若猿となったが、それまでの言動が功を奏して『ばか猿様』の噂は一帯の里にあまねく広がり、当の小タマ様自身までが自分のことを「ばかなのかもしれない」と思いこむようになっていた。長年の行動に思考が支配されがちだという道理は、人間に限らないのであった。小タマ様はひそかに不安を覚え、側近の中でただ一匹信用するに足るお猿に悩みを打ち明けた。

「それでは若様、夜にまぎれてお姿を変え、外の世界で腕試しをなさってはいかがでしょう」

側近の進言により、小タマ様は昼の毬つきが終わると沐浴を行い華麗な衣装に身を包み、昼とはうって変わった派手やかな姿となって夜の盛り場を渡り歩いた。夜の盛り場でお猿がどんな腕試しを行ったのか、姉にも私にも見当がつかなかったので、小タマ様が成功をおさめたということに決めて、話は進む。

めでたく自信を回復した小タマ様は、やがて恋に落ちる。相手は村はずれの小屋に住む娘である。子だくさんの一家の長子であるその娘猿は、特に容姿がうつくしかったり話術詩歌が巧みであったりするわけでもないのだが、性格はごく温厚篤実、気持ちはおおらかなのであった。お猿の小タマ様は何のへんてつもない娘に惹かれて、夜の腕試しも忘れて通いつめる。通いつめるといったって、娘の姿を垣根越しに覗くだけなのであるが。

貧しく夜の早い娘猿の一家は、早々に眠りについてしまう。小タマ様は長い夜の中、ため息をつきながら垣の外に佇(たたず)むのであった。

「それで、小タマ様はどうなるの」

「それよ、それはね」姉がかけ声のように答えると、『お屋敷ごっこ』は正式に始まるのである。

「今宵こそ愛を打ち明けようぞ」姉は低く言う。

お屋敷ごっこにおける役割は、小タマ様が姉、娘猿が私と決まっていた。姉は天井裏に置いてある古く剝(は)げた屏風(びょうぶ)越しに私演ずるところの娘猿を眺め、大仰なため息をつくのであった。

「娘」姉は私に向かって呼びかける。

眠っているふりをして横たわる私は、

「え」と起き上がる。

「拙者はそなたを愛しているでござる」

姉は、なんだかあやしい時代言葉を使いながら、私ににじり寄ってくる。

「え」

私はふたたびまぬけな声をあげる。もっと真に迫った声出すの、と、何回でも姉に注意されたが、とても姉のようには演じられなかった。

「拙者と結婚してはくれぬか」

　私はあわてて首を横に振る。あわてすぎず、適切な間をおいてから首を振るようにと、これもたびたび姉に注意されたのだが、できなかった。

「後生だから結婚してほしいでござる」

「いえいえそんなことはとても」

　何回でも姉はあやしい侍口調で口説き、何回でも私が断る。もう飽きたよユリエちゃんと言っても、姉は絶対に口説くことをやめない。時間がたつにしたがって、姉の口説きはどんどん激しくなっていった。

「結婚してくれなければ拙者は滂沱(ぼうだ)の涙を流しその涙は池となり川となり海に注ぎ海は水かさを増して海面は常よりも何尺も上がりその結果洪水が起こりそなたの村もこの一帯の村もろともに水没してしまうでござる」

　しまいには、そんなことを言って娘猿をおどす。娘猿はそれに対して、

「こまりますこまります」などと言うばかりで、しかし高調子が出るころには、すっかり姉の独壇場なのであるから、娘猿の相槌(あいづち)がどんなに無意味で芸がなくとも、いかほども問題にはならなかった。

「こまります」娘猿が一回言うたびに、姉の顔は青ざめていった。

「なんと」姉はつぶやき、髪をかきむしったり顔をぴしゃぴしゃ叩いたり熊のようにのしのし歩いたり飛び跳ねたりする。

「どうしても拙者の愛を受けいれてはくれぬか」という言葉が、お屋敷ごっこの次の段階への合図になる。

「なんとおっしゃられようと」私が答えると、姉はよよと泣き伏すのであった。

「拙者の胸は、はりさけたでござる」姉はひと声悲痛に叫び——悲痛という言葉は姉の好む言葉だった——、叫びながらしばしば「ひつうな」と姉はつぶやいたものだった。姉は悲痛に叫び、ほんとうの涙を流した。

数分の間、姉は涙を流す。それからさらに「ひつうな」声で、

「食べ物は喉を通らぬ、身はやせ細る」と息もたえだえに言うのであった。

絶望の淵にたった小タマ様である姉は、ふたたび回復することがない。

「ぜつぼうのふち」と発音する姉は、ひどく得意そうだった。

「ぜつぼうのふちって、なに」

最初にその言葉を聞いたときに訊ねると、姉はしばらく考えてから、

「ぜつぼうっていう大きな湖みたいなものがあってね、そこの岸はすごく切りたってるの。

霧も出てるから、湖に迷いこんだ旅人は誰でも湖に落ちちゃうのね。落ちちゃうそのときって、こわいんだよ、こわいんだから」と涼しい顔で説明した。のちに正しく絶望の淵の意味を理解してからも、長い間、絶望とは大きな澄んだ湖のようなものだとうっすら思っていたように思う。絶望の淵は、たしかに、こわい。

小タマ様は結局絶望の淵に落ちて、姉がその意味を知らぬうちは水に溺れて、意味を知ってからは心痛のあまり食べ物が喉に通らず餓えて、死ぬことになっていた。

娘猿は小タマ様の死を知って、おおいに嘆く。おおいにといっても、私は姉のようには涙を流せなかったので、泣きまねをするばかりだった。泣きまねの下手な私を助けるために、姉が急遽(きゅうきょ)娘の家族になって一緒に泣いてくれた。ほんとうに泣いている姉の声を聞いているうちに、私も悲しくなってきて、私たちは長い間泣きつづけた。小さな梁や積もった埃(ほこり)が薄暗い天井に不思議な影をつくり、姉と私のしくしく泣く声が響いた。手をつないで、私たちは泣いた。泣き疲れるまで、ときには疲れて眠ってしまうほどに、激しく泣きつづけるのであった。

たまにほんもののお猿のタマが客演として屋根裏に招かれ、娘猿の妹や側近の役をふりあてられた。お猿は鎖から放たれてよろこび、姉をまたいだり私の背中に飛び乗ったり床の上でくるりとまわったりした。またがれたり飛び乗られたりしながら、私たちは大泣きした。

ほんもののお猿の姿を見ると、ますます悲しくなり、さめざめと泣いた。

姉が中学に入るころに四代目タマが死に、お屋敷ごっこはそれ以来行われなくなった。

「もうしないの」と聞くと、

「もうしない」と姉は答えた。

「絶望の淵があたしはこわくなったのよ」

「どうして」

「だって、死ぬっていうのは、もう生きていないことだってわかったから」

お猿のタマは庭に埋められ、姉は二度とお棺に入れるものについて言及することがなくなった。ほんもののお棺を姉と私が目の当たりにすることになるのは、それから数年後である。

二番目の父が事故で死んだのであった。

二番目の父は貧乏だった。古い屋敷と荒れた庭のほかには、財産はいっさいなかった。職業は春画師だったが、需要が少ないので挿絵全般何でも引き受けていた。二番目の父の描いた春画は、いつも茶の間の違い棚に無造作に置かれてあったので、姉と私はお屋敷ごっこをしていないときにはしばしばそれらに見入ったものだった。

伝統的な浮世絵ふうの春画だった。どの画でも女と男がへんなふうにくねくねからまりあっているので、最初は見たくないようないやな感じがしたが、そのうちに慣れて何も思わなくなった。慣れてくると、画の中の男女のいとなみがそれぞれ微妙に違っていることもわかった。

「これはね、『ひよどり越え』、こっちは『うしろやぐら』」

姉と一緒に眺めてはあれこれ言っていると、二番目の父が背後から来て説明してくれることがあった。わざわざ組みかたに名前をつけるなんて、酔狂だねえ。そんなことを言いながら、二番目の父はていねいに画をめくってはつぎつぎに名前をそらんじた。

「こういう名前は、ほかのみんなも知ってるの」

姉が聞くと、二番目の父は頭を横に振りながら答えた。

「知ってるひとも多いけどね」

「多いけど？」

「知っててもどうってことないよ」

「どうして」

「知ってるとね、決まりきったかたちを守るのに気をとられちゃうことが多いんだねえ」

姉と私は実情がわからないながらも、ふんふんと相槌をうった。

ってしまうのだった。

「ほんとはね、決まりと決まりの間みたいなところがいいものなんだよ」

そんなことをぼそぼそ言うと、二番目の父はまた音もなく襖を開けて、向こうの部屋に行ってしまうのだった。

ときどき、姉と私は二番目の父の春画を何枚か持って、天井裏に座布団を何枚か敷き、その上で春画のまねをしてみた。『入り舟』やら『しぼり芙蓉』やら、二番目の父が説明してくれた恰好を、二人で試してみた。恰好が決まると、姉と私はしばらく静止する。そのあとで、足の角度が違うだの首がまわりきっていないだの、こまごまと検討を行ってから姿勢に修正を加えた。姉のからだは暖かく、三つ編みにした髪が天井裏の床をこすってさらさらと音をたてた。画の姿勢をとるとき、姉も私も無言でいた。髪が床をこする音と二人の息だけが、いつもかすかに響いた。

「こんなことして、なにが楽しいんだろ」

一通り試してみると、姉と私は言いあったものだった。

「でも、男のひとところいうことすれば楽しいんじゃないの」

「ほんとにそう思うの」

「ほんとは思わない」

二番目の父の描く春画の男性器はたいそう大きく、むろん春画の男性器は大きいものと相場が決まっているのではあるが、私たちは実際の男性器を見たこともなかったし春画の中の男性器が誇張された表現形式にのっとって描かれているということも知らなかったので、あのようなものをあのようにすることが可能なのだとは、一瞬も信じていなかった。たとえばテレビドラマの中で家族が食卓を囲む場面が、実際の家族のいとなみと似ているようでまったく違っているのと同じように、春画に描かれた男女のやりとりは、実際の男女のいとなみとはかけ離れた架空のものなのだと思っていたのである。

二番目の父が言っていたように、かたちの決まりを守ってくねくねからみあっても、嬉しいことなんかぜんぜんないわよね、というのが姉と私の結論だった。

それならば春画の恰好を試すことにすぐに飽きてやめたかというと、そんなことはなく、姉と私は一週間に一度は違う春画を持ちだしては天井裏でせっせと画のまねを繰りかえすのだった。姿勢がきれいに決まると、姉も私も妙に誇らしい気分になった。姉の肉体と私の肉体は一人の人間に属している肉体のようにぴったりと寄り添い、私は自分と違う姉という肉体と抱きあっていることをしばしば忘れた。後年知る、男性との実際の性愛とはまったく異なる感触であったが、これはこれで立派な肉体の愉（たの）しみなのだった。

春画を描くために、二番目の父はモデルを使っていた。モデルはマキさんという五十歳くらいの女性とアキラさんという同じくらいの年齢の男性で、二人はもう三十年以上も二番目の父のモデルを務めているということだった。以前にはもっと多くのモデルがいたらしいのだが、年とって引退したりもっと払いのいい業界に転じたりで、母と結婚してからのちは、モデルはマキさんとアキラさんの二人だけになっていた。

マキさんとアキラさんが来るのは三カ月に一回くらいのことだった。春画の仕事は少なかったし、モデルなしでも二番目の父は画を描くことができたふうであった。二人が来るのは、姉と私が小学校に行っている間だったので、実際に二人に会った回数は十回にも満たない。学校から帰って来たときに玄関でマキさんとアキラさんとすれ違ったり、駅の近くで見かけたり、しかし一度知れば忘れられない様子を二人はしていたので、ちらりと見ただけで、あ、マキさんとアキラさんだ、と姉も私もすぐさま気がついた。

マキさんはたいそう色が白く、小柄で手足が折れそうに細いひとだった。細くて、そして、短い。手足ばかりでなく、顔も胴まわりも小さかった。どちらも大人のてのひらにすっぽりと入ってしまいそうな小ささだった。

アキラさんは反対に大柄である。ただし、背が高いというわけではない。顔が大きく肩が張っている。腰も大きく、しかしなんといってもいちばん大きいのは足だった。三十センチはあろうかと思うほどの大きな足で、いつも黒い半長靴をはいている。口髭をはやし、少し猫背で歩く。

二人のまわりには、密度の高い空気がただよっていた。普通に並んで歩いているだけなのに、なんともいえない微妙なものが、二人の周囲一メートルくらいのところにわだかまっているのだった。それが何なのかは、姉にも私にもわからなかった。二番目の父に聞くと、驚いたような顔で、

「きみたちにもあの感じがわかるのかね、子供にもわかるものなんだなあ」と言うばかりで、説明はしてくれなかった。

「あれだからね、あの二人はモデルをしてくれるんだよ、助かるね」そう言って、二番目の父は少し笑った。

「マキさんとアキラさんは画みたいなかたちをするの」姉が聞くと、二番目の父は深く頷いて、

「そりゃあ上手にしてくれるよ」と答えた。

「たのしいのかな」

「たのしそうだよ、じつに」

今度は大きく笑いながら、答えた。

「決まりきったかたちでも楽しいの」さらに姉が聞くと、二番目の父は目を細めながら姉と私の頭をぽんぽんと叩き、

「ああそうか、そうだね、そうだったね」と言い、しばらく何かを考えるふうをしていたが、何も言わずに、仕事場にしている部屋のほうに行ってしまった。

マキさんとアキラさんが心中をしたのはそれから数カ月後で、心中という言葉を当時は使っていたが、実際には性交の途中でマキさんがアキラさんに対して力を加えすぎた結果の過失でアキラさんが死んでしまい、そのあとをマキさんが追って自殺したというのが事実らしかった。

二番目の父は、参考人として警察に出頭する途中の横断歩道で、トラックに飛ばされて、死んだ。

残された何十枚もの春画の一部を、母は二番目の父のお棺に入れて焼いた。マキさんとアキラさんの葬式にも母は出席したらしい。マキさんとアキラさんのお棺に何かを入れたのかどうか、母に聞いてみたことはない。

2

二番目の父が死んでから母はひどく気落ちして、しばらく常とは違う人間になっていた。深夜になるとむっくりと起きだして雑巾を何枚でも縫ったり、嫌いだった掃除をいちにち三時間も行ったり、ハムスターを買ってきて熱心に世話をし、最初二匹だったのを五十三匹まで増やしたうえ全部に名前をつけて餌をやるときいちいち一匹ずつの名前を呼んだり、そんなことばかりをして半年ほどを過ごした。

天井裏の長持ちの一つが雑巾でいっぱいになり、傾きかけていた古屋敷が見ちがえるほど清潔になったころ、母はようやく我にかえって土地屋敷を売りはらった。

荷物がまとめられ、五十三匹の名前つきのハムスターがペットショップに引きとられてゆくと、母はもともとの職業であった機械設計を再開し、同時に私たちは繁華街にあるアパートに引っ越した。姉は高校生になり、その一年後には私も高校生になった。このころさかんに訪ねてきたのが、チダさんという男性である。

チダさんは日曜ごとに訪ねてきた。朝干した洗濯物が半乾きになるころに、大きなかばんを提げて、扉を叩いた。チャイムを鳴らすことはなかった。かわりに、木槌(きづち)で打ち鳴らすような音をこぶしにした手でたてるのだった。三回、チダさんが叩くと、母はすっと立って扉を開けた。叩かれる回数は暗号のように三回と決まっていた。数をかぞえるのが私の習いなのだから、この数が一回もたがえられたことがないことは断言できる。

部屋に入り軽い挨拶(あいさつ)の言葉を交わすと、チダさんは大きなかばんの中から筆や柔らかい芯の鉛筆や紙や水彩絵の具や水盤をとり出して、卓の上に並べた。

チダさんが写生するのは、母だった。ただしそれは母の全景ではなく母の手に限られていた。組んだり広げたり結んだり握ったりする母のさまざまな手のかたちを、チダさんは紙になぞり、彩色した。日曜ごとに、平均二組の母の手がチダさんによって紙に写された。

チダさんは二番目の父の弟子筋のひとで、専門はイラストレーションである。

「挿絵ですね」チダさんは説明した。

「挿絵はね、絵として独立してちゃいけないんだと思いますよ」と、そんなことを言うこともあったが、おおむね無口なままでチダさんは母の手を写生した。

母よりも一回りほど年下であったチダさんは、つまり私たちよりも一回りほど年が上だったということになる。色の薄い目と色の薄い髪をして、背が高かった。

「どこかで見たことがあるような気がするのよね」

チダさんが訪ねてくるようになった当座姉は言っていたが、ある日あっと声をたてて、それから急いで私に耳打ちした。

「チダさん、人魚に似てるのよ」

「人魚？」私はおうむがえしに言った。

「ユリエちゃん、人魚見たことあるの」

「ないけど、ないけど男の人魚ってきっとチダさんみたいなんだと思う」

「チダさんのどこらへんが人魚みたいなの」

「そうね、骨が柔らかそうでうしろまえがはっきりしないとこかな」

「………」

「あとね、目玉があんまり動かないところ」

姉に説明されると、なるほど人魚とはチダさんのようなものかという気分になってきて、結局姉と私は陰でチダさんを『チダ人魚さん』と呼ぶようになり、やがてそれは『ニンギョさん』と短くなっていく。

チダさんがどのようなきっかけでアパートに訪ねてくるようになったのか、覚えていない。

いつの間にか、するりと日曜の午後のあのアパートの空間にすべりこんでいた。自己紹介めいたことも行わず、「お父さんの知り合いみたいなひと」と言ったきり、母もそれ以上の説明はしなかった。


チダさんは料理が得意だった。かたまりの肉に香辛料をたくさんつけて焼いたものだの不思議な顔をした魚の刺身だの外国産の野菜を煮込んだものだの、日曜の夜はチダさんの持ってきた材料でチダさん自身が作る料理を、四人で食べた。チダさんは料理をするときにはいつも非常に趣味の悪い花柄の模様のエプロンをつけた。紫とピンクの花柄で、見るたびに姉は「ちょっとそれ不思議なエプロンですね」と言ったが、チダさんは無言のままでいた。

「ニンギョさんはいったいなに考えてるのかなあ」姉はときどきつぶやいたものだ。

「なにも考えてないんじゃないの」私が答えると、姉は肩をすくめて、

「なにも考えてない人なんていないと思う」と言った。

「なにも考えてないと自分で思ってても、なにかしら考えてるでしょ」

チダさんは料理ができあがると、悪趣味なエプロンをつけたまま皿を卓に運び、悪趣味なエプロンをつけたまま食事をした。

「なにか謂われがあるんですか、そのエプロン」あるとき姉が聞くと、チダさんは目玉を動かさずに首を横に振った。それから、低いがよく通る声で、

「たまたまもらったので」と答えた。

食事が終わると皿を下げ、最初のうちは母が皿を洗っていたのだが、そのうちにチダさんが皿を洗うようになった。いつまでたっても母が卓の前に座っているので、先に立つチダさんが自然に洗うようになったのだ。チダさんが洗い終えると、母は「ありがとうね」と言い、立ち上がってチダさんを少し抱きしめる。チダさんは薄い色の頬を少し赤くして、いや、と短く言い、その様子はまさに『ニンギョさん』にふさわしいものだった。

片付けがすむと、チダさんと母はきれぎれのお喋りを行う。

「今週はね、いそがしくてほとんど外に出なかったのよ」

「ほう」

「外に出ないとね、なんだか、むしゃ、とする」

「むしゃ」

「むしゃ。むしゃくしゃの、前半だけみたいな感じ」

「なるほど」

「あなたは、むしゃ、とする、それとも、くしゃ、とする」

「あんまりどっちもしませんね」

そんなような会話を母とチダさんは交わした。会話が一段落すると、チダさんは荷物をかばんにていねいにしまい、エプロンをはずしてこれもていねいにたたみ、いとまを告げた。アパートの小さな玄関まで母と姉と私はチダさんのあとについて歩き、三人そろって、さよなら、と言った。姉のさよならはやたらに大きく、母のさよならは聞こえづらかった。

「チダさんとは結婚するの」姉が聞くと、母は、

「しない」と答える。

「どうして」

「だってチダさんが結婚しようって言わないからね」

ときどき母とチダさんは電話で喧嘩（けんか）をするようだった。母の声が高くなったり荒くなったりすることはないのだが、やたらに鼻をかむので、泣いていることがわかる。鼻なんかかむ間に甘い言葉のひとつも言えばいいのにと姉と私は言いあったが、それがチダさんと母のかたちなのだろう。チダさんも電話の向こうで鼻をかんでいたかどうかは知らないが、同時に鼻をかんでいることはおおいにあり得そうなことだった。

母の手の写生がずいぶん溜まったころ、チダさんは個展を開いた。招待されて、初日に行われるパーティーに出席した姉と私は、パーティーが盛会であることに驚いた。チダさんはコップを手に持って、たくさんのひとに挨拶していた。低く響く声で、ゆっくりと何かを喋っていた。背広を着て、むろん悪趣味なエプロンなどしておらず、チダさんでないように見えた。ぜんぜんニンギョさんらしく見えないのだった。いっぽうの母も、耳や首にきちんと飾りものをつけて、めりはりのある服を着て、いつものように背筋をだらだらさせずまっすぐに立っているので、ちがうひとのように思えた。チダさんとの電話でやたらに鼻をかんでいたことなどすっかり忘れたような顔で、知りあいらしいひとびとと会話を交わしたりなんかしていた。

姉と私は展示してある絵を見てまわった。おおかたが手の絵で、それはきっと母の手なのだったが、ところどころに母でない手も混じっていた。母でない手を見ると、胸がどきどきした。いけないものを見てしまったような気分になった。

絵を眺めている私たちのうしろに母の立つ気配がして、振り向くと、母が口をぼうっと開けて絵を眺めていた。母とちがう手の絵である。

「違うひとの手だね」私が言うと、母はこきざみに頷いて、

「違うわよね」と微妙な声で答えた。

「違うのって、いや？」

「少しいやだけど」

「何がいやなの」今度は姉が聞くと、母はさらに微妙な声で、

「考えがいりくむことがね」と言った。

そこへチダさんがやってきて、母はいつもチダさんが皿を洗い終わったときにするように、チダさんを少し抱き寄せた。肩を持ち頭をぽんぽん叩くようにした。チダさんはこのたびは顔を赤くすることもなく、同じように母を抱き寄せ、同じように母の頭をぽんぽん叩いた。

パーティーは夜更けまでつづき、母は姉と私にタクシー代を渡して先に帰らせた。夜が更けてくるとチダさんは母をいつもそばに置くようになり、母の手はチダさんによってチダさんの胴にまわされた。暗い色の上着にはりつくようにある母の手は、白い花みたいに見えた。

姉と私は会場をあとにすると、近所の居酒屋に入りこんでしたたかに酒を飲み、渡されたタクシー代を使い果たした。すでに電車はなくなっていたので、二人で肩を組んで歌をうたいながら、アパートまで二時間かけて歩いて帰った。

「チダさんはずるい」

歌の合間に姉は叫び、

「なるほどー」

私が同じくらいの大声で叫び返した。

「ニンギョになったりそうじゃなくなったり自在なのがずるい」

「なるほどー」

「あれじゃお母さんはのがれられない」

人ひとり通らぬ夜道で、姉は少し泣きながら、ずるいずるいと繰りかえした。最後には私の手を強く引っ張って、全速力で走りだした。そんなに走れない、そう言っても姉は私の手を離さずに十分ほども走りつづけた。足がもつれて走りやめたときには、姉も私も海獣のようにあえいでいた。

家に戻ると私たちは二番目の父が残したへんなかたちの瓶に入った古い洋酒を押入れの奥から探しだしてきて、東の空が薄い紙を剝がすように色変わりをはじめるまで、飲みつづけた。母はすっかり夜が明けても帰ってこなかった。姉も私もその日はひどいふつかよいで、夜になっても起き上がれなかった。夕食に母が作ってくれた肉だんごを姉も私も一口も食べられず、ただ茫然と座っているばかりだった。

「気分が悪いの?」母は聞いた。

気分は最悪で、しかしそれは母のせいでもチダさんのせいでも肉だんごのせいでもなく怪しい酒のせいなのだと私は説明したかったが、その元気はなかった。姉が私と同じことを思っているかどうかはわからなかった。青い顔をして姉はあくびを連発した。ときどき「ああ」と言っては眉をしかめ、またあくびをした。古い酒の匂いが卓の周辺にたちこめ、母は何回でも「だいじょうぶ」と聞き、私たちは何回でも首を横に振った。

翌々日まで、ふつかよいは続いた。


チダさんがアパートに来るようになって二年目に、姉は大学に入学した。その翌年に私も同じ大学に入学した。チダさんはあいかわらず日曜日にやってきては夕食を作ったが、いつのころからだろうか、以前ほど母の手の写生に熱心ではなくなっていた。

大学生になったにもかかわらず、姉も私もおおかたの日曜を家で過ごしていた。誰のからだが大きくなったというわけでもないのに、アパートは四人にとって小さく感じられるようになっていた。誰かしらの気配がアパートからはみ出そうとするのだった。それでも、姉も私も日曜をチダさんと共に過ごすことをやめなかった。

あるときチダさんが姉を写生したいと言いだした。

「やよ」姉は言下に答えたが、チダさんはかまわず、

「ユリエさんの背中、なかなかなんですがね」などと言っている。

姉とチダさんは押し問答をしばらく続けたが、そのうちに母が姉の背中をつるりと一回撫(な)で、

「ユリエ、やってさしあげなさい」と言うと、姉はいやにしおれてしまい、小さく頷いた。早速、というチダさんの言葉で、姉は椅子に座った。卓に広げられる画材を眺めながら姉はからだを硬くしていた。

「うしろ向いてください」チダさんに言われ、姉はぎくしゃくと椅子ごとうしろ向きになった。

「椅子の背にもたれないで」

「もっとぐったりして」

「足揺らさないで」

チダさんの低い声が響くたびに姉の頬は紅潮した。

夕食の時間になってもチダさんは写生をやめず、珍しく母が食事を用意した。焦げた魚に芯の残った芋にしぼりの足りない小松菜のおひたしに茄子(なす)のみそ汁を母はそそくさと作り、いくら料理の下手な母でもこれほどおいしくない料理を作ったのは初めてだった。

四枚のスケッチを仕上げてから、チダさんはようやく鉛筆を置いた。姉の頬はそのころには紅潮から色なしに移行しており、目はおちくぼんでいた。

「そんなに疲れたの」聞くと、

「そんなに疲れた」と姉は答え、芋をやたらにつついた。

チダさんは無表情で魚をほぐして焦げのひどいところをよけ、小松菜を長いこと嚙み、食べおわると無表情のままかばんを持って玄関に向かった。いつものように私はチダさんのあとについていったが、母は台所で大きな音をたてて皿を洗っていたし、姉は卓に頰杖をついたまま立とうとしなかった。

「さよなら」声をかけると、チダさんはいつもの声で、

「さよなら」と返した。

玄関のチェーンをかけて部屋に戻ると、姉の姿は消えており、母は仕事を卓に広げはじめていた。

寝ぎわに姉の部屋を覗くと、姉は枝毛を切りながら『熱力学概論』を熱心に読んでいた。または、熱心に読むふりをしていた。

チダさんは、この後半年ほどアパートに通ったが、あるときからぱったりと姿を見せなくなる。チダさんが来なくなってから、母や姉がチダさんについて語ることはなかった。去っ

たひとのことはこの家では語られることが少ない。チダさんの並べた三本の筆や五つ仕切りのある水盤や六本の鉛筆のことを私はときおり思い出したが、チダさん自身について思い出すことはほとんどなかった。しかし、母はどうだったろうか。姉はどうだったろうか。チダさんが去ってから一年ほどたったころに姉がふと語った沼の話は、だから解けないパズルのヒントのようなものだった。パズルの解答ではないが、大きなヒントであった。

沼の話とは、次のようなものである。

「おととしの今ごろね」姉は突然始めたのだ。

「おととしの今ごろ、チダさんとセックスしたくて、チダさんの部屋に行ったの」

え、と私は言い、姉は落ちつきはらって続けた。

「セックスしたかったの」

「ちょっと、ユリエちゃん、チダさんのこと好きだったの」

「そうかも。とにかくあのときはね、チダさんとセックスしたくて、っていうか、セックスしてもらいたくてしょうがなかったのよ」

「したいとしてもらうの違いって、なに」

「なんか違うのよ。チダさんの場合してもらうなの」

そんなふうに話はすべり出した。

姉はチダさんの部屋を訪ねたのである。母の手帳を盗み読みしてチダさんの電話番号を知り、部屋を訪ねていいかどうかを問うたのだった。チダさんは色合いのないような声でいいと答え、部屋への道順を教えた。

「すぐに行ったの？」

「まあ待ちなさい、順序だてて話すから」

すぐには姉は行かなかった。昼間チダさんのいなさそうな時間に部屋の前まで行って、建物のまわりを徘徊（はいかい）した。中学生が片思いの相手の住んでいる町をうろうろ歩きまわるように、姉はチダさんの部屋のある町を歩きまわったのであった。

「なんでそんなことしたの」

「だって、そういうの、一回してみたかったの」

「してみて、よかった？」

「よかった。胸が高鳴った」

「ほんと？」

「うそかもしれない」

何回か徘徊を繰りかえしたすえ、姉はついにチダさんを訪ねた。野菜と肉をみやげに、部

屋の呼び鈴を鳴らした。チダさんは落ちついた様子で野菜と肉を受け取り、

「どうしてそんなもの持ってったの」

姉の話をさえぎって、私は聞いた。

「だって手みやげがいるでしょ、ひとを訪問するときは」

姉はすずしい顔で答えた。

「それにしたって」

「じゃマリエちゃんはケーキだの花だの持っていくの、恋人を訪ねるときに」

「チダさんって、ユリエちゃんの恋人だったの」

「恋人じゃないから、なおさらね」

野菜と肉を受け取り、チダさんは四時間ほどかけてていねいにカレーを作った。

「カレー？」

「カレー」

「なにそれ」

「なにって、おいしかったわよ」

カレーを煮込む間、チダさんは姉に大学の様子を訊ねた。姉は持っていた『材料化学II』を取り出して——それしか持っていなかったので——長柱にかんする実験式を説明してから、

演習問題を三問解いてみせた。カレーを食べ、ビールをたくさん飲み、そうしている間にも姉は当初の目的を切りだすころあいをはかった。どうにかしてチダさんにその旨告げようとした。

「それで言えたの?」

「言えなかった」

「どうして。きまり悪かったの」

「ちがう」

「じゃあ」

姉はしばらく指を閉じたり開いたりしながら考えていたが、やがて言った。

「あのね、こういうのってね、こっちから頼まなきゃならないときはだめなの、たぶん」

「そうかな、自分から言ったっていいと思うけどな」

「ちがうちがう、相手から動いてもらうのが決まりだっていう意味じゃなくて」

「じゃあ?」

「無理にどっちかがどうするっていうのが、まずいの」

食事が終わると、姉はさらにビールを飲み、チダさんも同じくビールを飲んだ。ときおり姉が母のまねをしてチダさんを抱きしめると、チダさんも姉を抱きかえした。それからまたビールを飲んだ。ついにビールがなくなり、二人は自動販売機を探しに夜の道へ出ていった。

　姉とチダさんはよろけながら駅への道を歩いた。いくら歩いても駅は遠く、自動販売機は見つからない。そっちはちがう、というチダさんの声を無視してずんずん暗いほうへ歩いてゆくと、高い塀があらわれた。たどっていっても、塀は尽きない。十分以上歩くと、ぐるりとまわって元の場所に戻った。もう行こう、というチダさんの声をまた無視して、次に姉は塀をよじのぼった。塀の上に立って中を見渡せば、そこは庭ともいえぬ荒れた林を擁した廃墟(はいきょ)で、朽ちた建物の残骸の中に、支柱や鉄骨のなごりが立っていた。

　あたし行く、と姉は叫び、叫んだと同時に塀から飛びおりて廃墟に入りこんだ。姉が着地するのとチダさんがよしなさいと言うのとが同時で、よしなさい、の、いが終わるか終わらないかのうちに、姉は走りだしていた。

　酔うと走るのは姉の習性なのだろうか、姉は荒れた林の中を全速力で走ったという。チダさんがようやく塀を乗り越えてやってきたときには、姉は廃墟のずいぶん奥のほうと思われる場所に立っていた。

　うれしくなって、と、姉は説明した。それとも、かなしかったのかもしれない。それで、追いついたチダさんに向かって、

「セックスしてください」と言ってしまった。

「え、ここでですか」

チダさんは息を切らせながらも、いつものとおりの低い声で答えた。

「ここは難儀だよ。痛そうだ」

「いやだ、したい」叫ぶと、チダさんは少し考えてから、

「したあとどうするの」と聞いた。

「帰る」

「そういう意味じゃなく、明日からどうするの」

「え」

セックスをするのはかんたんである。ユリエさんさらにはマリエさんとセックスしてみたらどうかと考えたことも、ないではない。しかし。チダさんは言った。

「ぼくはきみのお母さんがすごくすきだからねえ」

頭を鈍いもので叩かれたような心もちになり、姉は黙った。

「そういうわけで」

そういうわけで、とそれだけ言い、チダさんも黙った。

「なにがそういうわけで、なの」私が言うと、姉は開いたり閉じたりしていた指を固くげんこつに握った。

「ほんとよね」

「なんか冷たいわよ、それ」

「そう、あたしもそう思った。思ったから、また走りはじめたの」

姉は廃墟のさらに奥に向かって走った。夜に咲く花が茂みをつくり、匂いをはなっていた。茂みをかきわけて、ずんずん奥に向かった。いちばん奥に来た、と思った。もうこれ以上進めないと思った。思ったとたんに、足が沈んだ。次には膝が地面の中に吸いこまれた。比喩ではなく、実際に姉は地面に沈み、ついに腰まで埋まってしまった。

そこは沼なのであった。

歩いてのんびりやってきたチダさんに、たすけて、と姉が言うと、チダさんは、ひゃあ、と答えた。ひゃあと言いながら目を見はるチダさんは今までいちばん人魚らしく見えた。チダさんは足を沼の端に置いて、姉へと手をのばした。チダさんの手に引かれて姉は少しずつ沼からあらわれ出で——姉の様子は沼に住む物の怪じみたものだったにちがいない——、チダさんは大笑いしながら姉を引き上げいっぽうの姉はもう少しというところまで来ると、ぐいと力を入れてチダさんを沼にひきずり入れた。

「ニンギョさんは沼にかえりなさい」

そう言い残して、姉はチダさんを踏みつけて沼から上がり、ふたたび全速力で走って塀を乗り越え、チダさんの部屋に帰ってシャワーを浴び、カレーを温めた。カレーを食べはじめたところでチダさんが戻り、黙ってシャワーを浴びた。それから二人して競争のようにカレーを食べた。すっかり食べ終えると、チダさんは小声で、

「セックスしようか」と言ったが、チダさんの顔を見ると笑いをこらえている表情だったので、姉は憤然として、

「結構です」と答えた。

パジャマを借りてチダさんのベッドで横になり、しかしぜんぜん眠れず、朝になってから半分しか乾いていない服を着て帰った。

「また背中スケッチさせてくれますね」言われて、姉はおおげさに頷いた。

それからアパートに帰り、布団に入った。眠ろうと思ったが、まだ眠れなかったので、『材料化学II』の演習問題を二十問解いた。

走りながら、チダさんはあのまま沼に沈んで浮かび上がらないかもしれないと考えていた、と姉は話の最後に言ったのだった。

「もし浮かんでこなかったら、どうした」

「そのままにした」

「そうなの」

「そのままにして一年たったら骨を掘りだしにいった」

「一年じゃ骨にならない」

「沼は微生物が多いから骨になるわよきっと」

「お母さんかわいそうじゃないの」

「いいのよ、お母さんだってチダさんを沼に沈めたかったにちがいないんだわ」

「え」

「あのね、あたしのからだが沼に沈んでいくとき、あたしすごくうっとりした。チダさんとセックスするよりも、沼に沈むほうがずっと気持ちいいことなんだと思った。このまま長く沈んでいたいって思ってた」

姉の話は、ここで終わる。

チダさんはこの逸話ののち半年ほどは常のごとく私たちのアパートに通い、姉の背中や母の手を写生しつづけたわけなのであるが、それから先はばったりと出入りしなくなる。

母がときおり電話に向かって鼻をかんでいることはあったが、やがてその頻度も減っていった。

　翌年姉は大学を卒業し、同じ大学の修士過程に進む。さらに翌年私が大学を卒業し、私立の女子高校の国語の教師になる。母は機械設計の仕事が忙しく、アパートはいろいろな意味で手狭になって、私たちはふたたび引っ越しをするのである。

　次の場所は、駅から電柱二十二本ぶんの距離にある築十五年の平屋で、庭には柿の木と花水木（はなみずき）がはえていた。私が紅郎（こうろう）に会ったのは、この家に引っ越してから二カ月と二日後のことであった。

3

大学を出てから勤めた高校は、『大鳩女子高等学校』という名の女子高校で、名前のとおりたいそうとりとめのない学校だった。

『開放的な授業・生徒の自主性をのばす』といった眼目が学校案内には書かれているのだが、特に具体的なカリキュラムや方法が示されているわけではなかった。

学校教育の盲点は何か、という小論文を原稿用紙八枚ぶんほど書いてから校長と面接を行うと、採用になった。校長は三つ揃(ぞろ)いの背広を着て白髪の多い髪をていねいに梳(と)かしつけた鶴のような老人で、机の脇には細長くたたまれた柄の長い傘が銀の傘立てにさしてあった。のちに、その傘がイギリス製の由緒ある手作りの傘であり、正式にたたむためには二十分を要し、雨が降っても校長がその傘を開くことは絶対になく雨用の日本製黒傘が別に用意されている、ということを知ることになるのだが、校長の個人的事情については、これ以上もこれ以下もその後知ることはなかった。

生徒たちは鐘が鳴ってもぜんぜん急ぐことなく教室に集まり、授業が始まるのは鐘が鳴ってから最低でも十分以上たってからと決まっていた。黒板に文字を書くと、あわててノートをとり出して書きつける者はまだいいほうで、ノートのかわりに手鏡をとり出す者やノートのかわりに飴をとり出す者やノートのかわりに小さなサボテンをとり出すような者が大部分だった。

ミドリ子は、ノートのかわりに手鏡も飴もサボテンもとり出さなかったが、常に机を反対にして教卓に背を向けているのだった。なにか不満があるのかと名前を呼んだり正面にまわって顔を覗きこんだりしたが、本人がなんでもないと言い、担任も特にたいしたことではないと言うので、結局ミドリ子はいつもうしろ向きで授業を受けるのであった。授業を聞いていないというわけではなく、ときどきノートに字は書いているし試験は平均点を取るしときには質問もするので、なるほどこれが開放的な授業または生徒の自主性伸長ということなのかと一瞬考えたが、どうも少々違うかもしれない。

まわりの生徒たちは慣れているのか、ミドリ子を奇異の目で見ることもなく、おのおの手鏡や飴やサボテンに専念していた。こちらは自主性伸長に適合するかもしれない。少なくとも、ミドリ子の自主性の発露を阻止しようとする者はいないのであるから。たいしたものである。

ミドリ子とはじめてきちんとした会話を交わしたのは、柿の木のはえる平屋に引っ越してから二十四日目のことだった。国語科の予算で買い入れる本について図書館の司書と話をしていると、ミドリ子がすいと寄ってきて、

「せんせい」と言った。

「せんせい、わたしせんせいに会わせたいひとがいる」

そう言って、図書館の貸出カウンターに『原色日本植物図鑑』と『原色日本菌類図鑑』と『原色日本鳥類図鑑』を置いた。

「あのね、せんせいのこと知ってるひと」

それはいったい誰であるか、と聞く以前に、私はミドリ子がどの組の何という名前の生徒なのか、わからなかったのだ。ただでさえ生徒の顔を覚えることが不得意なのに、いつもうしろを向いている人間の顔など覚えようがない。

あらあらそうなの、などと答えてから貸出カードをこっそりと見ると、そこにミドリ子の名が書かれており、はじめて私の中でミドリ子という名と、眉の濃い唇の赤い鼻すじの通った目の大きい、しかしどことなくとりとめのない顔が、一致したのだった。

ミドリ子のとりとめのなさは、大鳩女子高等学校のとりとめのなさによく似ている。

「会わせたいけど今すぐじゃないの」

ミドリ子はそう言って、三冊の図鑑を積み上げた。角をそろえ、てっぺんの『菌類図鑑』の表紙のビニールカバーの曲がりをていねいになおした。

「誰なのそれは」

「会うまでひみつ」

ミドリ子の喋りかたを聞いていると、甘いものを口にふくまされるような心もちになる。

「これ借りたいです」ミドリ子は司書に言った。

灰色のラベルが貼ってある本は借りられないのですよ、そう司書が答えると、ミドリ子はふうんとつぶやいてから、そろえた三冊の図鑑を持って図書館の机に向かい、図鑑を繰りはじめた。『菌類図鑑』を一ページ一ページたんねんに眺めると、次には『植物図鑑』にかかり、最後が『鳥類図鑑』だった。読みながら、白い罫のない大判のノートに、万年筆でしきりになにか書きつけている。帰りぎわこっそりと覗くと、そこには多くの名前が並んでいた。

ツキヨタケ
ムラサキシメジ
シロアンズタケ

トビシマセミタケ
ホテイシメジ
サケバタケ
オオキノボリイグチ
アンドンタケ
ウバノカサ
サカヅキクラゲ
アマニュウ
アリノトウグサ
チョウセンレンギョウ
オオヤブソテツ
ナンブソウ
ハマビワ
ウダイカンバ
クロッキヒメハエトリ
オオバノイノモトソウ

ヒシ
ツルカメバソウ
センダンムシクイ
アリスイ
アジアヤマアシツバメ
ノガンモドキ
フウキョウチョウ
アカヒゲ
サヨナキドリ
ギンカモメ
アズキヒロハシ

太い文字の並びは、長く垂れる黒いリボンのように見えた。

いやに風の強い日に歩いていると、うしろから肩を叩く者があった。振り向くとミドリ子で、なにやらひらひらした服を着て笑っていた。

「せんせい、どこに行くの」

どこに行くのでもなかった。母は仕事の締切りがせまって唸りつづけていたし、姉はこのごろあまり家にいなかった。チダさんが去ってから、水でできたまるい玉をかたちづくる力が崩れて、私たちは少し浮遊していた。

「忙しくないなら、いっしょに行きませんか」ミドリ子は言うなり、私の腕に腕をからませた。どこに行くの、という言葉が出なくて、ミドリ子にはそうさせるところがある。

「この先の神社なの」

ミドリ子の手に引かれ、おぼつかない足どりで神社の境内に入った。境内のあちこちにはござやビニールシートが広げられ、それぞれの上には古い時計や由緒ありそうなさそうな大理石の小像や壺や古い着物の端切れやくもりの多い金銀の装身具や茶碗や小皿や椅子や小抽出しや石が並べてあり、そこは露天市なのであった。

低い椅子に座った露天商たちが、じっと動かずにシートの奥にいる。動かないさまが、売り物のようである。中にはコップ酒をすすっている者や弁当を食べている者もあるが、そのような動作を行っていても、露天商たちは動いていないように見えた。

シートの上に天幕を張っている店もあった。天幕が風にあおられて、はたはたと音をたてる。天幕のほうが生きているように思える。ミドリ子は、露店の間をぬってずんずん進んだ。

「せんせいなんかほしいものある」

ときおり振り向いて、聞く。小さな子供に話しかけるような口ぶりだった。べつになにもない、と答える前に、ミドリ子は前に向きなおってふたたびずんずん進む。

ずいぶん歩いたと思ったら社務所があらわれ、露店が尽きた。尽きるところにある露店の前でミドリ子は立ち止まり、両足を開いて踏みしめた。

シートの上には欠けたりくもったりしている雑多なものはほとんどなく、かわりに妙な形のガラス容器がいくつも並べてあった。薄い色をおびているガラスもあれば、透明なものもある。どの容器にもこまかなガラスの玉がいくつかずつ入っていた。ガラス玉はビー玉よりも小さく米粒よりは大きかった。風が強く吹くたびにガラス容器は小さく揺れ、中のガラス玉がかちかちと音をたてた。何人ものこびとが靴を鳴らして歩いているような音だった。

ミドリ子は、ガラス容器のうしろに座って居眠りしている店主を強い視線で眺めていたが、店主はびくとも動かなかった。何回かミドリ子は手を叩いたが、ガラス容器があおられて揺れるばかりで、店主は眠りから目覚める様子がない。

「せんせい、いっしょに拍手して」

そう言われて、拍手した。なぜ一緒になって拍手しなければならないのかわからないままに、輝くガラス容器の前でミドリ子と共に拍手した。

二十二回拍手したところで、店主が顔をあげ、ミドリ子と私を見た。

「うるさい」

顔をあげてしばらくしてから店主が言った。どうやら寝起きの悪いたちらしかった。

「こうろう、せんせい連れてきた」

ミドリ子が足を踏みしめた姿勢のまま、高みから話しかけた。

「先生？」

店主はそこではじめて私に視線を向け、口を薄く開いた。

「あ。ミドリ子がいつもお世話に」

椅子に座ったまま店主は言い、わずかに頭を下げた。

「せんせい、これわたしのおにいちゃん。紅郎」

頭を下げられたので、こちらも少しだけ頭を下げ、途方にくれた。風がガラス容器をかちかちいわせていた。

それから知らぬ間に私と紅郎はしばしば会うようになっていた。知らぬ間に、というのは言葉のあやで、実際には最初の日である引っ越し後二カ月二日めにつづき、引っ越し後二カ月十二日めと二カ月十七日めと二カ月二十二日めと三カ月一日めと三カ月三日め、というような正確な日づけを言うこともできるのだが、言わない。

知らぬ間に、紅郎と私は親密になっていった。

紅郎は私よりも六歳上で、五年間会社勤めをしたが性に合わなくて退社したのち露天商になったのだ。古物商許可証というものを三万円で買い、シートと低い椅子と商品を運ぶ車を手に入れ、場所の代金を払い、するともう露天商になっていた。値段のないようなものをどこからか調達してきて値段をつけると、売れる。下駄をはいたひとやふだん着の二人連れなんかがやってきて、いちばん高価なものを買っていく。じきに売れなくなってこの商売も続けられなくなるだろうと思っているうちに、二年たってしまった。そんなようなことを、紅郎は何回か会ううちに語った。

露天商を始めたときに家を出て、一人の部屋に住んだ。ミドリ子はしょっちゅう来ては泊まっていく。妙な妹である。なんだかとりとめがない。とりとめがないが、なにかしら考えてはいるようで、たとえばこうして自分とマリエを会わせたりする。

紅郎は私のことをマリエと呼ぶようになっていた。引っ越し後二カ月十七日め、会いはじめてから十五日め、にセックスを行ったあとで、君のことマリエと呼んでいいかと訊ねられたのである。そりゃあマリエなんだからマリエでいいのよ。それなら俺のことも紅郎でいいよ。そんなやりとりがあった。敬称をつけずにひとの名を呼ぶことはめったになかった。しかし紅郎とミドリ子のことは、最初からなぜか呼びつけであった。

ミドリ子は、紅郎の部屋でTシャツ一枚になって二人してぼんやりしているときにひょっくりやってきたりした。せんせいまたいるの。そう言いながら、平気で部屋に入ってきた。最初のうち私は急ぎ服をつけたりもしたのだが、じきに気にしなくなった。ミドリ子には、そうさせるところがある。

ミドリ子の『そうさせる』感じは、教室でいつもうしろを向くことや兄の性生活に対する奇妙な無関心といったあらわれかたもしていたが、そのようなわかりやすいあらわれよりももっと奥に、彼女の特徴はひそんでいるように感じられた。何がひそんでいるのか、秋の山奥にひそむ鹿や猪やそれともさらに獰猛（どうもう）な生きものにも似た何かが、ミドリ子の奥にはひそんでいるように感じられた。

紅郎の部屋の北側には露店用の商品がぎっしりと並べてある。日暮れに近い時刻、西日が射（さ）しこむころに、紅郎の部屋は乱反射される光でまぶしくなる。紅郎といだきあっているときに西日の時間が始まることもあり、そのようなときに、私は、あ、という声をもらしてしまうのである。あ、は、ああ、なのか、あらゆる、なのか、あめふりの、なのか、あちらのかなたへ、なのか、あからさまに、なのか、あいしている、なのか、あすのそのさきの、なのか、もらしている私にもさだかでない。紅郎は、あ、という空気のような私の声に答えることなく、反射する光を眺めることもなく、目を私に強くあてて私の動きだけを感じていようとする。どんなに部屋がまぶしくなっても紅郎の動きは変わらず、すると私も紅郎の動きに連れ添う影のごとくに紅郎の上下横ななめ、あらゆる方向にからだを漂わせてたわみ広がろうとする。西日が私たちのまうえに来てさらにまぶしくなっても、紅郎はちっとも動じない。私は西日を目に入れまいと、あ、の音を高く低く繰りかえし、いっときは西日よりも紅郎と私のつくる空気の中にきれいに溶けていく心もちになるのであるが、しかしどうしても最後まで紅郎の影になりきることができない。西日は私の閉じたまぶたからつるつると私の中にまで入りこみ、最後のところの集中をそごうとする。なぜ紅郎はこんなに平気でいられるのだろうかと、ますます、あ、の音をもらす私に、ますます西日はふりそそぎ、ガラス容器とその中のガラス玉はさんぜんと輝きわたる。

西日の時間が終わると、それはいつも突然に終わるのだが、紅郎の顔からも私の顔からも陽光による赤みは去り、部屋はへんてつもない部屋に戻り、私はこんどは寒くなる。紅郎は寒い私に頓着する様子もなく、あいかわらず目を強く私にあてたまま、私をいだきつづける。紅郎、と呼ぶと、マリエ、と答える。すきよ、と言うと、すきだよ、と答える。まるい、と聞くと、まるい、と答える。のど、と聞くと、のど、と答える。むらさき、と聞くと、むらさき、と答える。解散総選挙、と聞くと、解散総選挙、と答える。紅郎はかくのごとくかんたんに私をいだき、私は西日やむらさきや解散総選挙やあらゆることにわずらわされながら、最後の力をふりしぼって集中力を高め、紅郎の下で顔をゆがめる。

これをもって恋というのだろうか、そう思いながら、私は紅郎の胴に両手を植物の蔓のように巻きつける。どこまでもどこまでも、巻きつけてゆく。

毎週日曜日に開かれる露天市のほかに、半月ほど毎日つづく露天市もあり、仕入れもせねばならず、紅郎はあんがい忙しいのであった。ときどきは飛行機に乗って日本でないところまで出かけていったりもする。紅郎のいない時間、私はミドリ子と過ごすことが多かった。

駅から電柱二十二本ぶん築十五年の平屋で、母や姉と共にぼんやりと夕食後の時間を過ごしていると、ミドリ子から電話がかかった。

「せんせい、出てこない」

駅まで電柱の数をかぞえながら歩き、牛の首につける鈴を扉にさげた喫茶店に入ると、突きあたりの席にミドリ子がいる。

ミドリ子は、いつも本を読んでいた。本が好きなのかと問うと、好きというよりも読んでいないと心配になるのだと答える。かばんの中に本を持たないで外出すると、心配でしかたなくなり、駅の売店やコンビニエンスストアでなにかしら買ってしまう。読みたくない本でもいいから、買わずにはおられない。

それは、私が数をかぞえずにはおられないのと同じ性質のことなのだろうかと、ミドリ子に聞いてみたいように思った。しかし聞かなかった。教えている生徒に恋人を紹介してもらったうえに、精神分析めいたことまで頼みこんではいけない。

「そういえばいつか図書館で」

あたためた牛乳をすすりながら、ミドリ子が突然言った。ミドリ子の言葉はいつも突然である。

「会わせたいひとがいるって言ったでしょ、わたし」

「それ、紅郎のことじゃないの」

「ちがう。もっと前からせんせいが知ってるひと」

ミドリ子は牛乳の膜を匙(さじ)ですくって、しばらく眺めたあとで食べた。

「栄養になるんだ、これ」

ミドリ子の読んでいる小説本について少し話してから、私たちは店を出た。地下道を通って行く駅の反対側には小規模な昔からの商店街があり、そこを私たちはゆっくりと散歩するのだった。その時刻には半分くらいがすでに店じまいしていたが、あとの半分の開いている店をひやかしながら、のんびりと歩いた。

履物屋・日本一はきやすいサンダルあります。加茂川食堂・朝昼晩やってます。マー坊の店・良心的な床屋。

小鳥屋の角を曲がって傘屋のある横町に入ると、しもた屋がしばらくつづき、突きあたりは袋小路になっている。袋小路の塀の破れをくぐって小さな空き地にもぐりこみ、私たちは腰をおろす。ミドリ子はいつものようにかばんから乾燥キャットフードと煮干しをとり出して、地面に置いた。十分ほどもすると、大きなのや小さなのや縞（しま）のや黒白のや怪我しているのや皮膚に病気があるのやつやつやしているのや、さまざまな猫が入れかわり立ちかわりやってきた。

「今日は何匹」

ひととおりのものが食べられてしまい、猫たちがさっさと帰ってしまうと、ミドリ子は聞いた。

「十一匹」

「少なかったね」

「煮干しあったのにね」

さらに一時間ばかりよもやま話をしてから、ふたたび破れをくぐって小路に出て駅までの道をゆっくりと歩き、そのころにはおおかたが店じまいしていたが、一軒だけ、果物屋が開いているのだった。電球を吊った店内には、みかんやパイナップルや白桃の缶詰がピラミッド型に積みあげられ、グレープフルーツだのみごとなバナナだの握りこぶしほどの大きさの苺だの、とても夜中にひとが買うとは思えないような果物が電球の光を反射していた。

ミドリ子と散歩する夜には、必ず細い月が空にかかっていた。駅前で別れてから、私は電柱二十二本ぶん築十五年の平屋に戻って風呂に入り、ミドリ子は電車に乗ってどこぞへ行くのであるが、その後の時間をミドリ子がどのように過ごしているかを知るのは、もう少しのちのことになる。


ある日呼ばれて紅郎の部屋に行った。ミドリ子に電話で呼ばれ、紅郎に呼ばれ、そのたびに私は何も考えずに、糸にひかれるようにたぐり寄せられてゆく。

部屋の中は、からだった。

あんなに多くあったガラスの容器や古物も、棚も箪笥も布団も食器も、壁に貼ってあった絵や写真も、なにもかもがなくなっていた。

からの部屋の中に、紅郎が立っていた。電話だけが置いてあった。黒い小さな電話機だった。

驚き佇んでいると、電話が鳴った。紅郎は落ちついた声で、はい、はい、と答えた。はい、では。紅郎は電話を切り、コードを抜きとってくるくると丸めた。小さな動物をかかえるように電話機を腕に持ち、もう片方の腕を私にさし出した。

「行くよ」

そう言って、扉を開けた。靴をはき、部屋の中をぐるりと見まわし、一回頷いてから、外に出て鍵を閉めた。

「行くよ」

もう一度言ってから、私の腰に腕をからませたまま外階段をかんかん下り、外に停めてあったトラックに乗りこんだ。トラックにはぎっしりと荷物が積んであった。

三十分ほど走った後に、紅郎は車を停めた。今まで住んでいたところとそっくりな町並みだった。

「着いたよ」

紅郎は助手席の私の膝に置いてあった電話機をふたたび小脇にかかえ、これも今まで住んでいたところのと同じような外階段をかんかんのぼり、廊下に並んだうちの中ほどの扉の鍵を開けた。部屋には何もなかった。さきほど出てきた部屋と、その部屋はまったく同じに見えた。

「今日からここに住む」

紅郎は電話機のコードをほぐして壁の穴にさしこみ、三回ボタンを押した。一分ほど電話に向かって無言でいてから、電話を切り、こう言った。

「今日の正午から午後六時までの降水確率は三十パーセント、予想最高気温は二十七度、海上は最大風速五メートルから七メートル、明日朝の気温は二十二度の予想です」

なぜ引っ越したの、という言葉を口にできたのは、紅郎の運んだ二十三個のダンボールがからになり棚が置かれ電気のコードが正しい場所に這わされ最後に壁いちめんに今までの部屋と同様に写真や絵が貼られてからだった。

「なぜ引っ越すのかって。それはね。引っ越したいからだよ」

紅郎はひょいと言って、それですべてが片づいたというふうに自分の尻をぽんぽんと叩いた。

紅郎とはそれまで三十六と半回会っていた。半、というのは、最初のときのことである。ただ顔をあわせたのが、半。意志をもって会ったのが、一。三十六回ぶんの、意志して会っていたそのときどきに、私は紅郎がそんなふうに、引っ越したいから引っ越す人間だということを、知っていただろうか。

「俺ね、露天商を始めたときに決めたんだよ」

紅郎は壁に押した画鋲（がびょう）の位置をなおしながら、言った。

「やりたいことは全部やろうってね」

「じゃあ、やりたくないことはどうするの」

「それは、そのときどきに考える」

答えて、紅郎は私の頭を三回、撫でた。撫でられて、なにかとてもぞくぞくした心もちになった。紅郎がこわいもののように思えた。やりたくないこと、の中に何が含まれるのか、やりたいことの中に果して私が含まれるのか、やりたいこととやりたくないことをはっきりと意志できる紅郎が、たいそうこわいもののように、感じられた。

新聞紙に一つ一つ注意深く包んだガラスの容器を部屋の片側に並べてから、新しい部屋ではじめてのセックスを行った。紅郎はいつもよりもほんの少しだけ乱暴だった。いったい私はこのように乱暴なものを望んでいるのだろうかそれともなにも考えずに紅郎の思うままに鋳型のようにふるまっているのだろうかというようなことをちらと考えながら、負けずに私も乱暴にふるまった。

ガラス容器の中のガラス玉が、いつもよりさらにこびとの足音めいた音を発し、紅郎と私はガラス容器をふるわせながら、長く、いだきあっていた。

4

「運命の女」と、ミドリ子がうたうように言った。

「なにそれ」私が聞くと、ミドリ子は眉をひそめて、

「そういう言葉使う男の子がいるの」と答えた、答えてから一瞬間をあけて、

「やだなあ」とつづけた。

やだなあというのも可哀相ではないか。そう言おうかとも思ったが、運命の女などという大仰な言葉をふき出す男子が何をもってそのような言葉をふき出すのか不明なので、言わなかった。

「昔から男の子って、そういうこと言うの？」ミドリ子は大きな茫洋（ぼうよう）とした目を見開いて、聞いた。

昔というほど私は昔の人間ではないし、自分が運命の女と言われたこともなかったし、他

人が運命の女と言われやすいかどうかも知らなかったので、これも答えようがないのだった。

「運命っていう決めかたが責任のがれね」ミドリ子は頭を左右にふりたてながら、決めつけた。

いったいミドリ子はどのような男子から運命の女視されているのだろうかと聞きたくもあったが、ミドリ子はそういうことを聞いてほしいのではなさそうだった。

「せんせい、紅郎のこと、どう思ってるの」

突然こちらに向かってきた。

紅郎と私が出会って以来四回めの引っ越しを、紅郎は先週行ったばかりだった。最初の引っ越しから四十日後に二回めの引っ越しがあり、百五日後に三回め、それからわずか十二日後に四回めの引っ越しがあったのだ。

敷金や礼金はどうなっているのだと聞くと、友人の部屋を権利ごと借り受けるかたちなので必要ないのだという。旅行や異動の間無人になってしまう部屋を、借り受けるのである。

紅郎の引っ越し趣味は知れ渡っているらしく、多くの引きが来るのだった。

引っ越してこないかと誘われれば必ず紅郎は引っ越すのかと思っていると、そうでもないようである。どうやって引っ越すかどうかを決めるの、と問えば、ちょっとした御破算気分を味わいたいという気持ちが溜まると引っ越す、と答える。

「紅郎のことはだいすきです」真面目に答えた。

「はあ」ミドリ子も大真面目に頷いて、二人でなんとはなしにため息をついた。

「せんせい、あたしがせんせいに会わせたいって言ってたひとに、会う？」

ため息をつきながら、ミドリ子は言った。

「会う」さして会いたいとも思わずに、答えた。

三日後に、会うことになった。


外庭のある喫茶店の、外庭部分で待っているとミドリ子は言った。時間よりもずいぶん前に着いてしまい、通る人の数をかぞえながら、待った。

ひと三十六人と犬三匹と猫のべ四匹——猫は二匹だったが、それぞれが一往復したので、のべで四匹——をかぞえた。

給仕が二杯めの水を注いだあたりで、ミドリ子の足が見えた。かぞえるのに、空を見ないで地面を見るので、足から先に目に入ることになる。ミドリ子は淡い色の先の開いた靴を履いて、爪を薄く染めていた。足くびから先が、砂糖菓子かなにかのように見えた。

「せんせい」ミドリ子は言いながら駆けより、椅子にすとんと座った。

ミドリ子につづいて茶色い靴のひとが来た。象牙（ぞうげ）色のズボンをはいている。その茶色靴象牙色ズボンが、ミドリ子の隣に腰かけた。

「あ」という声が出て、同時に茶色靴象牙色ズボンも、

「はあ」と言った。

はあ、と答えたのは、なるほどミドリ子の言ったように私のよく知っているひとで、それはチダさんなのであった。

「チダさん」いつもより半音ほど高い声が知らずに出た。

チダさんは以前と変わったということもなく、あいかわらず男の人魚のようなたたずまいで座っている。目があうとにっこりとほほえみ、給仕にコーヒーと牛乳を注文する。

「牛乳はあたたかいのをね」

あたたかい牛乳をミドリ子が必ず頼むことを知っているのだった。

「それじゃ、運命の女なんてあなたに言うのは、チダさんなの」

半音高い声のまま、私はミドリ子に聞いた。動転しているらしい。動転していなければ、こんなことは聞かない。

「まさか」チダさんのほうが先に答えた。

「まさか」ミドリ子も言った。

「まさかか」私が最後に言って、言ったとたんに給仕がコーヒーとあたたかい牛乳を運んできて、三人は沈黙した。

チダさんとミドリ子は雛人形のように並んでいた。雛なのでむろん喋らない。さらに八人のひとととのべ三匹の猫——一匹が一往復半——が通り、私は二杯めの水を飲みほした。

「ところで」私とミドリ子が切りだしたのは、同時だった。

「ところで」ミドリ子がもう一度言った。私は黙り、ミドリ子がつづけることになる。

「カナ子さんおげんきですか」

カナ子とは、母の名である。言われて、チダさんを見た。チダさんはコーヒーを飲もうとするところだった。微妙な角度をつけて茶碗を顔の前にかざし、コーヒーをすすっている。茶碗の角度をうまく使っているので、目も鼻も口も見えない。見ているかぎりすすりつづけて表情を隠すだろうと思われたので、見るのをやめた。

「元気にみえるけど」

「このごろ手紙来ないから」

「え」

ミドリ子の言うには、母とミドリ子は長い間文通を行っているのだった。

「長い間って」

「五年間くらい」

小学生のころ、ミドリ子は家族以外の人間の前で言葉が喋れなくなったことがあったのだという。家の中にいるときには言葉がかたまりをつくってくれるのに、家の外に一歩出て肌あいの違うひとの間にはさまると、言葉ひとつひとつの意味がわからなくなり、目が閉じてきてしまうのだった。そういう状態のころ読んでいた雑誌の文通欄に、『人間との関係のもちかたがうまくないひと・猫のきらいなひと・手紙ください』と出したところ、全国から五十通ほどの手紙が届いた。大部分が猫をいかにきらいか猫のどこがきらいかを書き連ねた手紙、五通は猫ぎらいはなおすべきであり猫はいかにかわいいかを述べた手紙、二通はカウンセリングを行う機関からの案内状、一通は猫の子もらいませんかという手紙、最後の二通だけには猫のことも人間関係のことも書かれておらず、うち一通は男子十六歳バイクに夢中、もう一通は主婦四十五歳趣味はあやとり、という人物からのものなのであった。

男子十六歳バイクに夢中、とは、三往復の手紙をやりとりしたのち写真を送れといってきたのに答えないでいたら向こうから返事が来なくなった。主婦四十五歳趣味はあやとり、とは、月に二通くらいの頻度でのやりとりが、ずっと継続した。卵の値段の変動から集合無意識から木星の衛星の話まで、さまざまな話題が交わされた。

「趣味があやとり？」言うと、ミドリ子は伏目になった。

「いちど、七重橋に月、っていうあやとりの組み方を手紙の中で図解してくれたことがあった」

「つくってみた？」

「むつかしくて、できなかった」

母の趣味があやとりであることも知らなかったし、集合無意識について母が書きつづっているところなど、想像もできなかった。

ミドリ子の言葉の喋りにくさは、文通を始めてから約半年後におさまり、それが文通のおかげであるかどうかは不明であったが、二人は猫についての遠慮深い不満をときおり手紙の文章に折りこみながら、ずっと文通をつづけたのであった。

「猫ぎらいなの」聞くと、ミドリ子は頷いた。

「でもいつもあの空き地で猫に餌やってたじゃない」そう言うと、ミドリ子は首を左右に振った。

「克服しようと思って」

「克服ねえ」

チダさんを眺めると、ふたたびチダさんはコーヒー茶碗を顔の前に持っていって傾けたが、茶碗はからなのである。面白いのでずっと眺めていると、こんどは水を飲もうとする。しかし水のコップは透き通っている。チダさんの目も鼻も口も、まる見えだった。まる見えになっても、チダさんは何を考えているんだかわからないのだから、隠すことなどないのにと思ったが、そんなことは言えない。

「チダさんはお元気ですか」訊ねてみた。

「元気です、しごく」コップ越しに答える。

「母と会うことありますか」

「いいえ」これもコップ越しである。

そこで会話は途切れて、またしばらく三人で沈黙した。

「あのね、三年前だったの」

ふたたび口火をきったのは、ミドリ子だった。

ミドリ子と母がはじめて会ったのは、三年前だった。住所を見るとそう遠くでもないのに、会おうという話が出ない。猫がきらいで人間関係にうといどうしだから当然のことかもしれなかった。猫が好きで人間関係にうといどうし、または、猫がきらいで人間関係にうとくないどうしなら、どうなの、と茶々を入れそうになったが、我慢した。三年前、チダさんの個展会場でミドリ子は母と会ったのだった。

「え、あのとき、いたの」

「いました」

「気がつかなかった」

「わたしはずっとカナ子さんやせんせいやせんせいのおねえさんのこと見てたわ」

ミドリ子は、チダさんの手のモデルをしていたのだ。あのとき会場で見た母以外の手、わずかしかなかったが、圧倒的な感じをもってそこにあった母とは別の手は、ミドリ子のものだったのである。

母はミドリ子の手を、微妙に眺め、いっぽうのミドリ子は母の手を、魅入られたように眺めた。姉と私が会場を去り、母の手がチダさんの腰にまわされると、それまで隅に隠れるようにしていたミドリ子は、母とチダさんのあとにそっとつき従った。二人が寄り添って会場を移動するにつれて、ミドリ子も紐(ひも)でつながれたもののように、二人の数メートルうしろを移動した。

「母はどんな様子だったですか」わたしはチダさんに向かって聞いた。

「しばらくしてね、気がついた」チダさんは薄い口調で答えた。

「気がついて、それで」

カナ子さんが気がついたので、とミドリ子がつづけた。母が気がついたので、ミドリ子は母に近づき、母の手を握りしめた。母は驚きチダさんは当惑しミドリ子は動じなかった。母の手は、ミドリ子にとってたいそうなつかしくなじんだ手のように思われたのである。しばらくして母はゆっくりとミドリ子の手を剥がそうとしたが、ミドリ子は応じなかった。「ミドリ子、はなしなさい」というチダさんの言葉を聞いても、ミドリ子は応じなかった。しかしチダさんの言葉に母が反応した。「ミドリ子さん?」と母は訊ねたのだ。「ミドリ子さんとおっしゃるの」

「それでね、あたしわかったの。このひとだ、って。だから、猫、きらいですか、って聞いたの」ミドリ子は、もう冷えてしまった牛乳を飲みながら、言った。

きらいだ、と母は答え、七重橋に月はむつかしすぎた、とミドリ子が言うと、母は大きなため息をついてから、つぼみがほころびるようにほほえみはじめたのだという。

チダさんが二杯めのコーヒーを頼んだ。

「母とはずっと文通してるの」聞くと、ミドリ子は首を縦に振った。それからチダさんの袖を引いた。チダさんは少しばかり迷う表情をしたが、さらにミドリ子が強く袖を引くと、かばんから茶封筒をとり出しミドリ子に渡した。

「今月ぶん全部?」聞きながらミドリ子は封筒をあけ、中身をとり出した。

一万円札の束だった。いちばん上の札には、教会の日曜学校でくれるような、聖母像を印刷した名刺ほどの大きさの紙が、クリップでとめてあった。

いち、に、さん、し、とかぞえながらミドリ子は机の上に札を重ねた。そのうちに口に出してかぞえるのはやめて、ただ重ねた。ミドリ子が口でかぞえるのをやめてからも、私は頭の中で札の数をかぞえることをむろんやめはしなかった。

十六枚までかぞえたところで、札がとだえた。ミドリ子は手提げの中から領収書を出して『金拾六萬円也』と書きこみ、印を押した。『金拾六萬円也』の横に『ミドリ子』と押された領収書を、チダさんはていねいに確かめ、四つに折りたたみ、かばんにしまった。

「八回ぶんね」そう言ってミドリ子は頷いた。チダさんも少し頬を紅潮させて頷きかえした。以前母に肩を抱かれたときのような紅潮だった。

「ということなの」

ミドリ子は粗悪な印刷の聖母の絵をてのひらにのせていじりながら、言った。

「ということって」

「わたしの一回ぶんが二万円だから」

「一回ぶん」

「そう、一回ぶん」

ミドリ子は聞かれてチダさんにすり寄った。腕をとってその腕に額を押しつけたあと、こんどはチダさんの指先を口にふくんだ。チダさんはされるままになっている。特に気分がよさそうでも悪そうでもない。

「一回ぶんって、セックスの一回ぶん」指を口にふくんだままミドリ子は言ったので、声がくぐもった。

「それは、どういう意味」

「どういう意味って、そういう意味」

「あの、契約、みたいなこと？」

「というわけではないのだけれど」

最初にチダさんとミドリ子がセックスを行ったのは、ミドリ子が高校一年生のときだった。母とミドリ子が個展の会場で会ってから一年半後くらいである。チダさんの家で手のモデルをしているときにふとしたはずみでセックスを行った。

「ふとしたはずみ」チダさんが小さな声で言った。

「ふとしたはずみだったでしょう」ミドリ子がじっとチダさんを見つめながら答えた。チダさんはしばらく考えていたが、やがて、

「ふとしたはずみともちょっと違うような」とつぶやいた。

ふとしたはずみで、とミドリ子はかまわずつづけた。ミドリ子にとってのはじめてのセックスは行われた。そのころすでにチダさんは母とは疎遠になりつつあり、いっぽうのミドリ子はまだ疎遠になるべき誰かを持っていなかった。

「チダさんが好きだったんじゃないの」聞くと、ミドリ子はまなざしをななめにして、妙な目つきをした。妙な目つきをしたまま、質問には答えなかった。

ふとしたはずみだったが、ふとしたはずみはやがて定期的ないとなみに移行し、半年ほどの間いとなみは穏便につづく。しかし、そのうちにミドリ子は少しずつねじれはじめたのであった。

「ねじれる？」

「そう、ねじれたの」

「何が」

「からだが」

「比喩、それ」

「ちがう」

最初にねじれたのが左手のくすり指だった。朝目覚めておかしな感じがしたと思ったら、爪がてのひら側にまわっていた。あっと叫んで、誰も見ていなかったが、くすり指をこぶしの中に隠した。隠し飽きるとくすり指をしげしげと眺めた。第二関節のあたりからくすり指はゆるやかにねじれはじめ、指先はきれいに百八十度まわっていた。

その日はいちにち手をこぶしに結んでいた。翌日は何ごとも起こらず、しかし左手くすり指はねじれたまま、翌々日も新たなねじれはあらわれず、次の日も過ぎ、その次の日にチダさんとセックスを行った。すると翌朝左の耳がねじれた。

「耳」

「耳がね、上下はんたいになっちゃったの」

「上下はんたいっていうのは、ねじれとは違うんじゃない」

「ううん」

ミドリ子の左耳は、上下が反対になっていておまけに裏を見せていたのだ。それならば立派なねじれである。耳たぶは上に耳の穴はうしろに向いていた。まわりの皮膚はきれいにのび、痛みはない。

「その場合、ねじれは二回起こったことになるわね」

「そのとおりですね」チダさんが答えた。

「二回、しましたので」

前日に二回、チダさんはセックスを行ったのである。ミドリ子の口から出る『セックス』という言葉は、不思議な印象を与えた。『のどあめ』『キツネザル』『潮騒』『かんかん照り』などという言葉と『セックス』という言葉の間にはもともと多少の溝があるのだと思っていたが、ミドリ子が発音する『セックス』は、それらの言葉のとなりにひょいとある言葉のように思えた。

「髪が短かったからね、こまった」

くすり指ならば隠せよう、しかし左耳は隠しようがないのだった。しかたなくミドリ子は学校を休んだ。家の中では耳までかぶる毛糸の帽子をかぶって過ごした。欠席していることを両親に叱責されるとミドリ子はさめざめと泣いた。あまり泣きたくもなかったが、ほかにどうしていいのかわからなかったので、泣いた。

髪がのびて耳が隠れるようになったので学校に行くと、ミドリ子は登校拒否ということになっており、同級生はミドリ子を遠巻きにした。

「そのときからいつもうしろ向きなの」

「わざわざうしろ向きになることないのに」

「わたし左耳が利き耳だったみたいなのせんせい」

「え」

「耳って、穴から音を集めるのよねえ。はじめて知りました。耳の穴うしろ向きになっちゃったから、しょうがなくてわたしもうしろ向きになったの。今は耳、元に戻ったけど、うしろ向きって楽だからついそのまま」

チダさんとセックスをしないとねじれはあらわれない。あらわれないので、ためしにしてみると、すぐさま翌朝ねじれている。

臼歯、左足ひとさし指、舌、左手小指と、つぎつぎにねじれていった。

「セックスやめなかったの」聞くと、ミドリ子ではなく、チダさんが、

「どうしてもやめられなかったのですね」と、これはあんがい強い声で答えた。

「どうして」

「いきいきした性欲があったんですなあ」

「それはまた」まぬけな口調で、私は答えた。

「あなたたちの性欲はあなたたちにまかせておきたいなあ、私としては」

聞こえないように私はつぶやいた。聞こえないように言っただけあって、残念ながら二人には聞こえなかったらしい。

チダさんについては知らぬが、とミドリ子はつづけた。ミドリ子にとってチダさんとのセックスは、真夜中ひっそりと起きて読む哀しい小説のようなものだった。読んでひそかに涙

を流すとあんまり気持ちがいいのでやめられない、やめられないことが情けなくさみしくせつないのだけれど、やめられないことがうれしくもある、そんなようなものなのだった。

「でもねじれつづけたんでしょう」

「そう。そのうえおにいちゃんが気がついちゃったの」

おにいちゃん、と発音するときのミドリ子の口調は、少し苦い。なぜだかわからないが。紅郎に気づかれ、しかし紅郎はなにも言わなかった。会社をやめたばかりで紅郎自身がぼんやりしていたということもあったし、もともと紅郎はうるさく口出しするたちでもなかった。

「いくらたちじゃなくても、なにかは言ったでしょう」

「それが、ほんとになにも言わなかったの」ミドリ子はますます苦い口調で言った。

「わたしはこんなにおにいちゃんがすきなのに」

え、と私は答え、あ、とミドリ子は言った。ミドリ子の発音した、おにいちゃんがすき、という言葉のすきは、すき、の含むあらゆる意味を含んでいるように感じられた。あらゆる意味の中に特にきわだった意味が隠されているかどうかをとらえることは、できなかった。ミドリ子の発音する、セックス、という言葉があらゆる言葉と同じ平面の上に乗っているのと同じく、ミドリ子の発音する、すき、は、でたらめに混ぜた絵の具のごとくさまざまな要素が混じり合い、ぜんたいとして黒という色と同様の色あい、意味あい、を持つようになっていたのである。

「あのね、お金がいるなあ、って言ってたの」ミドリ子が口調を変えた。

「え」

「おにいちゃん、そのころお金があればなあ、ばっかり言ってた」

「そうなの」

「失業したし商売でもはじめるか、って」

紅郎の口にする、金、という言葉をミドリ子は暗唱をするようにチダさんに伝えたのだった。お金がいるらしいのよ、おにいちゃんはね、お金がね。そんなことをセックスの合間にしばしば言う。あるときチダさんが冗談にミドリ子に札を渡したのだ。ちょうど絵が売れたところだった。チダさんが十万円ぶんの札をミドリ子の手にのせてから少しすると、ミドリ子のねじれが消えはじめたのである。

「消えた」

「消えました」

「どうやって」

「すっ、って」

左手くすり指と耳の二回ぶんと臼歯と左足ひとさし指のねじれが、消えた。合計五回ぶんのねじれが、巻かれたゴムが戻るように、戻ったのであった。

「二万円だったんですな」チダさんが静かに言った。

「二万円、効いたのよ」ミドリ子が、これは少し嬉しそうに言った。

それからは一回ぶんのセックスにつき二万円をチダさんはミドリ子に渡すようになった。今までのぶんも計算して渡した。以来ねじれは起こらない。かんたんなことだった。

「かんたんねえ」ため息をつきながら私が言うと、ミドリ子は頷いた。

「かんたんよう」

「チダさんたいへんなんじゃないですか」訊ねると、チダさんは少し首を傾けて、

「たいへんと言えなくもないけど、まあ面白いことではありますね」答えた。

チダさんのいきいきした性欲についてもよく理解できなかったが、ミドリ子がなぜチダさんとのセックスをやめられないのかも、実のところよく理解できなかった。理解できることはこの世にはたいそう少ないのだから、それは当然なのかもしれないが、ミドリ子の話の奥にはまだまだ何かが隠れていそうな感じがした。ミドリ子自身の奥に隠れている獰猛な何かに似たようなものが。

「あのね、ずいぶんたまったのよ」

「え、なにが」

「日本赤十字の表彰状」

「はあ」

「チダさんのお金ね、ちゃんと寄付してるんだ」

「ちゃんと」

ミドリ子はチダさんの指先をふたたび口にふくんだ。私たちが話をしている間に、ひと四十七人と犬五匹と猫のべ二匹が通った。チダさんは三杯めの水を長い時間かけてすすった。じきに日が暮れようとしていた。

5

姉が妙だった。

落ちつかない。何が落ちつかないのか。そぶりが落ちつかない。立ったり座ったり息をついたり伸びたり縮んだりする。伸びたり縮んだりするのは姉の胸もとや頸(くび)や腰で、つまり姉は常よりも呼吸量と活動量が多くなっているのだった。

「ユリエちゃん、なんだかへんじゃない」と聞くと、

「そうなの」と姉は答える。

答えたあと、広く背中を覆う髪を揺らしてため息をつく。

「あたしね、恋しているみたい」

そんなふうに言って、十二回もため息をつく。恋か。恋であるか。そこいらじゅうが恋またはは愛またはそれに類するものに満ちあふれている。

「でも、なんだかうまくいかない」姉はつづけた。

うまくいかない、と言ってから、姉はさらに二十三回ため息をつき寝そべった。ほどかれた髪がつややかに後光のように姉をとりまき、畳の上にのび広がった。色のある小鳥か香りの強いはなびらか細かな結晶かなにかが、今にも姉の髪の間から飛びだしてきそうに思える。

ぜんぜんうまくいかない、姉はこんどはため息なしに言った。姉が恋したのは姉の研究室の助手であるオトヒコさんという人物だった。オトヒコさんは性格温厚にして声色低め、背は高からず低からず、これといった外見的特徴はないが、しいていえば多少太りぎみだといえるか、姉は自分の腕の上に顎をのせながら、うっとりと、

「オトヒコさんの腕枕はいい」と言うのだった。

オトヒコさんの腕枕はふくふくとしている、筋肉を奥に持った柔らかなぜい肉、その肉に頭をのせていると見る間にあたしは眠りにおちていってしまう。オトヒコさんの胸に耳をあて芯で鳴っている音を聞いたあと腕と胸のつくる三角の空間に頭をおとして敷布の冷たさを感じるときの多幸感、それ以上の多幸感をあたしはこれまで感じたことがなかった。そんなふうに姉は語った。

「それじゃユリエちゃんは、オトヒコさんていうひとが太ってるから好きになったのね」

あんまり姉がうっとりしているので、つつく気分で訊ねた。

「そうかもしれない」姉はためらわず答えた。

「太ってないオトヒコさんはオトヒコさんじゃない」

ははあ、などと私はつぶやき首を横に振ったが、姉は見ていないようだった。

「なんでこんなに好きになっちゃったんだろうな」宙を眺めて姉は言う。

しっかりして、ユリエちゃん。そう言って私が姉を揺さぶると、姉は白目を多くして、

「ほんとはしっかりしてるんだけどね。しっかりしない自分が嬉しいみたいね」と答え、低くふくみ笑いをした。


このひとがオトヒコさん、そう言いながら姉がオトヒコさんを連れてきたのは、それから間もなくだった。

オトヒコさんは、姉の言ったとおりの太った人物だった。眼鏡をかけ、ふさふさした髪を持ち、大きなかばんを肩からさげていた。気候についてのあたりさわりのない会話が終わると、オトヒコさんはカナリアと月桂樹の話を始めた。

「昔僕はカナリアを飼っていたのです。黄色い可憐（かれん）なカナリアでした。水を取りかえるために籠（かご）に手をさし入れると、僕の手の甲にとまって何度でも囀（さえず）りました。囀るカナリアをての

ひらで包むと、カナリアの高い体温がてのひらに放射されてたのしくあかるい気持ちになった」

そこまで語ると、オトヒコさんはハンカチで汗をぬぐった。汗は透明で、さらさらしていて、とめどなく出た。

「ある日、カナリアが病気になりました。籠の中でふるえたまま動かない。粟粒をつくことも少なくなった。鳴くこともない。近所の獣医に見せにいくと、薬をくれた。言われたとおり水に溶いて、スポイトでカナリアの喉の奥に入れて飲ませたが、カナリアは回復しませんでした。

死んだカナリアを桃色の薄葉紙に包んで、老舗の文房具屋で買った大判の外国の封筒に入れ、封をし、さらに桐の箱にしまい、茶色いひらたい紐を十文字にかけ、庭に埋めました。埋めてから、当時知っていた唯一の賛美歌、これは叔母の結婚式が教会で行われたときに配られた式次第に載っていた『主なんとかかんとか』という曲で、葬式にふさわしいかどうかは判断しがたかったけれど、お経をとなえるのもいやだったので、だいいちお経といってもなんみょうほうれんげきょうかなむあみだぶつしか知らなかったし。カナリアの墓の前で僕は『主なんとかかんとか』を三回繰りかえしてうたいました」

姉はオトヒコさんの話をじっと聞いていた。聞き入る姉の輪郭は、ふるふると揺れているように感じられた。それはちょうど、葛まんじゅうの類がふるえるときのような揺れかただった。

「カナリアを埋めてから三カ月後、墓のあたりの地面から何かの芽が出てきました。三年たつと、芽は成長して濃い緑の葉の茂る灌木になった。僕の家では子供を叱るときには尻を叩き、それでも言うことを聞かないと庭に出されたものでしたが、そうやって庭に出されるたびに僕はカナリアの墓の上にはえた灌木の中に隠れました。茂みはへんな匂いがした。なつかしいようなぴりぴりするような物思いにふけりたくなるような匂いがしていました。カナリアの腹はこんな匂いかもしれないと思いながら、僕はいつもその灌木の中に座っていた。灌木の名が月桂樹だと知ったのは、大人になってからでした。シチューやカレーの中に月桂樹の葉が入っているのを見ると、僕は頭が痛くなる。カナリアを包んだ桃色の薄葉紙や『主なんとかかんとか』の旋律を思い出して、頭に血が行かなくなるのです。でもシチューもカレーも好きです。シチューは特に好きだ」

オトヒコさんは額の汗を拭くと、姉を見やった。姉は目を細めて、オトヒコさんが汗を拭くのを眺めている。二人で眺めあっている。母や私のことはぜんぜん見ない。

「あの」と言っても、二人は見つめあったままだった。

「今夜、シチューにしましょうか」しばらくしてから母が聞くと、オトヒコさんは瞬間まばたきをした。

「ユリエちゃん、そうしましょうか」母はこんどは姉に向かって言ったが、姉は何も答えずにオトヒコさんを見つめつづけていた。オトヒコさんも眼鏡の奥からゆるい視線で姉を見返し、二人はそのままずっと見つめあっていた。

見つめあう二人を残して、母と私は台所に立った。月桂樹を探したが、なかったので入れなかった。オトヒコさんは出されたシチューをきれいに食べた。食べているときには二人は見つめあわなかったが、食べおわってしまうと、姉はオトヒコさんのてのひらを自分のてのひらで包んでじっとしていた。母も私も早々に台所へ退散した。それから、できるだけ大きな音をたてて皿を洗った。


「ねえユリエちゃん」母が聞いた。

姉は、帰るというオトヒコさんを駅まで送っていったのち、夜道を心配したオトヒコさんに家まで送られ、さらに自転車を押しながらオトヒコさんを駅まで送り、最後に一人で自転車に乗って帰ってきたところだった。

「ユリエちゃん、オトヒコさんのどこが好きなの」

「全部」姉は答えた。

「全部」と、『設計製図便覧』を読んでいた母が便覧から顔をあげて姉の言葉を繰りかえした。

小さな虫が家の中を飛んでいた。母にまつわりつき、私にまつわりつき、姉にまつわりついてから、虫はうなりをあげて旋回し最後には天井にはりついた。じっと見ているうちに、虫は虫ではなくなり天井のしみになった。ときどきしみは虫に戻り、部屋の中を飛びまわった。

「マリエちゃん、ところであなたのほうの愛情生活はどうなってるの」姉が聞いた。

姉にも母にも紅郎のことは話してあった。話してはあったが、二人とも紅郎に会ったことはない。

「こないだ六回めの引っ越ししました」

ああ、と姉は言って、髪を揺らした。すると母が髪の揺れに応えるように首を何回かまわした。その動作につづいて母は静かな声ですっと聞いた。

「そんなに、オトヒコさんがいいの」

姉は大きく首を縦に振った。

「そうなの」と母はため息のようにつぶやき、それから突然姉に向かって『設計製図便覧』を投げつけた。

「なにするの」私は叫んだが、姉も母も無言だった。『設計製図便覧』を両手でうまく受けとめて、姉は、

「本は大切に」と重々しい声で言った。

「まったくだわね」同じくらい重々しい声で母は答え、席を立って自分の部屋に入ってしまった。

姉はしばらく『設計製図便覧』を撫でていたが、やがていつも母が置いている場所に便覧を戻した。

「オトヒコさんと、うまくいってるみたいじゃないの」私が言うと、姉は考えこむ表情になってから、眉を寄せた。

「それがね、うまくないの」

「でもあんなに」

「あんなにね。お母さんが『設計製図便覧』投げるくらいね」

「お母さん、どうしたんだろう」

「オトヒコさんとあたし二人の組み合わせって、そういうところがあるみたいなの」

「そういうって」

「さかなでするところ」

母は、何を逆撫でされたのだろうか。

「そのうえね、オトヒコさんと、だめなのあたし」姉は眉をさらに寄せて、言った。

何がだめなのか、聞いても姉は語ろうとしなかった。

「カナリア、飼ってたのね」私が小さく言うと、姉はこれ以上できないくらい眉を寄せた。

「それはなんともいえない」

「え」

「オトヒコさんの言うことやすることはたいがいでたらめだから」

それだけ言うと、姉は髪をはためかせて部屋から出ていった。残されて、私は茫然とした。

紅郎に電話をしたいと思ったが、紅郎は商品を仕入れに外国をまわっているところだった。

茫然とカナリアや月桂樹のことを思った。

その夜は眠りが浅く、それはきっと母や姉や私の吐く息がいつもより濃いからなのだった。

三人の吐く濃い息は家じゅうを満たし、そのまま玄関の鍵穴から外へと、濃密なまま細い流れをつくって出ていったにちがいない。濃密な私たちの息は、夜に住むあまたの生きものの眠りをも浅くしたにちがいない。

仕入れから帰ってきた紅郎から、電話があった。

「マリエ、ちょっと困った」

紅郎はあまり困ってもいないような声で言うのだった。

「どう困ったの」

「ちょっと出る」

「なにが出るの」聞くと、紅郎は小さな声で、

「幽霊みたいな」と答えた。

六回めの引っ越しは紅郎が仕入れの旅に出る二日前に行われた。その六回めの引っ越し先に、幽霊みたいなものが出ると紅郎は言う。

「夜ね、どうもうるさい」

最初はねずみか何かだと思っていた。毎晩同じころにうるさくなる。寝入ってからあとのことなので、うつつなのだか夢なのだかわからぬままにおいてあったが、思いたって起きてみたら、ねずみなんかではなかった。自然のものとは思われない。

「それ、どんな様子のものなの」

「二人いてね」

「ふたり？」

「二人」

そういうわけで、泊まりに来ない？　紅郎はつづけて言い、その言いかたは映画の切符があるから行かない？　という類の言いかたと同じなのであった。言いかたに釣られてか釣られずか、つい、

「いく」と答えていた。ほんとうは幽霊など見たくなかったのであるが。

「ユリエちゃんがね、恋人連れてきた」

布団にもぐって紅郎に腕枕をしてもらってから、私は言った。腕枕で姉を思い出したのかもしれなかった。オトヒコさんの腕枕はいい、という姉の声を思い出したのかもしれなかった。紅郎の腕枕は固かった。

「そう。どんなひと」

「カナリア飼ってたらしいひと」

「らしい？」

「でも飼ってなかったかもしれないひと」

「なんだろうそれは」

紅郎は、それ以上オトヒコさんについては訊ねず、かわりに私を抱きしめた。紅郎に抱き

しめられると、頭がぼんやりする。ぼんやりとした霧みたいなものの中で、紅郎が私を抱きしめる腕の力だけがたしかなものとしてあり、そのたしかなものをさらにたしかにするために、私も力を入れて紅郎を抱きかえす。

「ぼうっとする」私がだるくつぶやくと、紅郎は、

「それはたいへん、貧血かなんかじゃないの」と言った。

「レバーとか、好ききらいせずに食べてる?」つづける。

「ちがうよ、そうじゃなくて」私が小さく言うと、紅郎はうふふと笑って接吻（せっぷん）をした。静かに接吻をして、その後は力を抜き、二人で布団いっぱいに寝ひろがった。

「出るの、何時ごろ」

「あけがた」

「旅行、どうだった」

「大晦日に爆竹禁止令が出た」

「その国、爆竹、さかんなの」

「そうらしい」

「紅郎は爆竹、すき?」

「すき」

「私のことも、すき？」

「すき」

「爆竹とどっちがすき？」

「どっちもすき」

「眠くない？」

「眠い」

言いあっているうちに、いつの間にか眠り、明けがたになった。

明けがたになると、ねずみではない、もっとものなつかしいような音がして、出てきたのは私の知っているひとたちだった。

出てきたのは、マキさんとアキラさんだった。

二番目の父のモデルであったマキさんとアキラさんが、紅郎の部屋の北の角にいた。二人は布団を敷いたその上にいた。布団も『出た』ものなのか。

音は、アキラさんの口から発せられていた。ううん、とも、うん、とも、う、ともつかない音であった。う音が次第に音量を増す中で、マキさんとアキラさんは輪郭を濃くしていった。うすぼんやりとしていた二人は、五分もたたないうちにはっきりとしたかたちをとり、最後にはさわれるほどの質感を持つものになった。

マキさんとアキラさんは、二番目の父の描いたような春画の姿勢をとっていた。マキさんは無言のまま、アキラさんは苦しげなせつなげな、う、の音を口からこぼしながら、つぎつぎに姿勢を変えていった。上になったり下になったり組んだりほぐれたり、二人の動きはなめらかによどみなくつづいた。

「紅郎」

「なに」

「いつもこうなの」

「だいたいね」

こちらも布団の中から、じっと二人を見た。暗さに慣れてくると、二人のからだじゅうにしっとりとした汗がにじんでいるのも、わかった。こういった現象は冷たいものなのかと思っていたが、二人のからだのまわりには温気（うんき）がたちこめており、その熱は布団の中にいるこちらにまで伝わってくる。

アキラさんの口からもれる、う、の音のほかはひっそりと静まりかえったまま、流れるような動作の連なりがつづいた。だんだんに、二つの別の肉体がそこにあるのではなく、一つの肉体がさまざまなかたちに変化しているだけのように思えてきた。ちょうど、幼いころの姉と私が天井裏で春画の姿勢をとりあったときに、二人が別々にあるのではなく、一つのものになってしまったように感じられた、あのときと同じようだった。

マキさんもアキラさんも目を閉じている。ときおり片方が目を開くと、もう片方も呼応するように目を開き、そのまま目は見つめあう。見つめあっている間もからだの動きは止まらない。

最中に、マキさん、と呼びかけてみた。マキさんは一瞬頭をめぐらせたが、すぐに行為に戻って没入した。

アキラさん、と呼んでも、こちらはまったく聞こえない様子だった。呼んだ瞬間にアキラさんはマキさんを持ちあげ、どういうふうにかわからないが、マキさんを宙に浮かせたまましきりに動かした。持ちあげられたマキさんの表情は、ひどくかなしそうであった。

「マリエ、知ってるの、この二人」

紅郎に聞かれ、隣に紅郎がいることを思い出した。マキさんアキラさんがすでにこの世のひとでないことを思い出した。

「うん、たぶん」

「あ、消えるよもうすぐ」

紅郎が言ったとたんに、マキさんがアキラさんの上になったまま両手でアキラさんの首をしめ、アキラさんの、う、の音はひときわ高くなった。アキラさんが動かぬようになると、目を閉じたままのアキラさんにマキさんは覆いかぶさり、接吻をした。アキラさんの顔じゅうにふりそそぐような柔らかい接吻をしているマキさんの表情は、どこかで見たことのある表情だったが、思い出せなかった。しまいに、アキラさんと口をあわせてその口を長く吸いながら、マキさんはすすり泣くような声をたてた。はじめて聞くマキさんの声だった。秋の虫が鳴くような、うつくしくはかない声だった。

マキさんの泣きごえの中で、マキさんとアキラさんは薄くなっていき、最後に布団ごと消えた。

「思い出した」と私が大声で言うと、紅郎は吸っていたたばこを一回はたりと落として、あわてて拾った。

「マキさんの顔」

マキさんの顔は、チダさんがミドリ子に渡す札の上にクリップでとめた、聖母の絵に似ているのだった。

「顔がどうした」紅郎に聞かれ、しかし私は聖母の絵のことは紅郎に言えなかった。ミドリ子がチダさんとのことを紅郎にどのように語っているのか、または語っていないのかを、私は知らなかった。

「なんでもない」答えると、

「あの女のひとの顔、マキさんていうの、ミドリ子が集めてる札の顔に似てるなそういえば」と紅郎が言ったので、驚いた。

「札？」

「メンコみたいなの、印刷の悪い、マリア像っていうのかな、そういうの、チョコレートの空き箱いっぱいにミドリ子が集めてる」

「マキさんの顔がその札の顔に似てるの？」

「似てる、よく」

メンコという言葉が出たところで、紅郎は露店におけるメンコの売れ筋と値段についての解説をのんびりと行った。

「集めてるの、そういう札？」紅郎の解説が終わってから、私は聞いた。

「なんだか大事にしてるよ」紅郎が答えて、しばらく私と紅郎は黙った。

「二人、ちゃんと北枕だったね」

紅郎が言うので、笑った。笑っているうちに、少し涙が出てきた。マキさんの声が忘れられなかった。生きているときにも、あのような声を出したのだろうかと考えると、ますます涙が出てきた。

「どうして泣くの」

「愛って、何なんでしょうか」

紅郎の問いには答えずに、反対に聞いた。

「そんなこと聞かれましてもなあ」紅郎が言い、たばこを灰皿に押しつけて消した。

マキさんとアキラさんの行っていたことは、何だったのだろう。セックスというひとつの言葉で、あれは、あらわせないような気がした。それならば、いったいあれは何だったのだろう。

「紅郎」

「なに」

「紅郎はミドリ子のことすき?」

「すき」

「私のこともすき?」

「すき」

「ミドリ子とどっちがすき?」

紅郎は答えなかった。答えずに、私の顔を両手ではさんで、接吻をした。

マキさんがアキラさんにしたのと同じような、柔らかな接吻をした。
降りそそぐような接吻の合間に、私は一度目を開けた。紅郎は薄く目を開けていた。
見つめあうというのとはちがう様子で、私と紅郎は薄目したまま接吻を交わした。やめる
機会を失い、いつまでも私たちはお互いの顔に接吻を降らせあった。薄目したまま。

6

マキさんとアキラさんの出る部屋を、紅郎は引っ越そうとしない。

紅郎を知ってから紅郎が一つの部屋に住んだいちばん長い期間は三カ月と十一日間だったが、このたびの部屋にはすでに七カ月と八日間住んでいる。

秋の終わりから出ていたマキさんとアキラさんは、冬の間も春の間もほぼ毎日同じ時刻に出つづけ、今は五月である。

私はしばしば紅郎の部屋に泊まるようになっていた。

夜が更けてから私たちは眠りに落ちた。明けがたになってマキさんとアキラさんがあらわれ、二人のたてるかすかな音で目覚めることもあったし、半分眠りの中に入ったままでマキさんとアキラさんの声を聞いていることもあった。眠りながら聞くマキさんとアキラさんの声は、はっきりと起きて聞く声よりも柔らかくゆるやかに半睡のからだにしみこんでくるように思われた。しみこんだ声は、マキさんとアキラさんの行うさまざまないとなみを、自分も行っているように錯覚させる。たゆたうように、紅郎と私が夢の中でむつみあっているのであると、何回でも錯覚した。

眠りから覚めてマキさんとアキラさんを眺めることもしばしばあった。そのときには必ず布団の上に正座し、冬は厚手のセーターを着て毛布を膝にかけ、春になったなら少し薄いカーディガンを肩にかけ、一部始終をていねいに見学した。一回でもおろそかに眺めたことはなかった。マキさんとアキラさんの持つ空気が、それを許さなかった。

「毎日こういうふうで、疲れない」私が聞くと、紅郎は笑って、

「一人のときは朝まで気がつかずに寝てるよほとんど」と言う。

「慣れたのかな」

「いや、あのね、マリエがいると、一人のときよりずっと強く感じるみたいだ」

「そうなの」

紅郎は私の顎に手をかけて上を向かせた。接吻されるかと思ったが、されなかった。そのまま私の顔をじっと見ていた。

「起きちゃったら、どうするの」

「しかたないから見物する」

見物する、と言いながら紅郎は机の上にある帳面を引きよせ、開いて見せた。

マキさんとアキラさんの絵が、何枚もそこにはあった。

しっかりとした絵であった。驚く私に向かって、以前チダさんについて絵を習った時期があったことを、紅郎は説明した。

「ミドリ子も一緒に習っていたんだけれど、あれはすぐにやめた」

そのころミドリ子はまだ小学生で、妙に色の濃い絵を何枚でも描いた。チダさんはミドリ子の絵を面白がり、そのまま通いつづけるように勧めたのだが、ミドリ子はある日ぱったりと絵を描かなくなってしまった、と紅郎は言う。

「どうして」

「それは」

紅郎は少し顔をしかめた。

「それはね、鈴本鈴郎のせいなんだ」

「すずもとすずろう？」

鈴本鈴郎は、ミドリ子と同年の男子であった。チダさんに絵を教わっている数名のうちの一人で、子供向けの美術展で何回か特選を取ってからチダさんのところに通うようになった。

「絵描くのって、おもしろいの」聞くと、

「おもしろいよ」紅郎は答えた。

「どんなふうに」

「そこにあるように見えるものをそれとちょっと違うところに持ってくるのがおもしろいね、俺は」

「みんなそうなのかな」

「それは知らない」

鈴本鈴郎の絵は、非常に精巧な絵だった。小学生が描いたとは思えないようなしっかりとした構図で、寸分の狂いもなく絵の中のものは写しとられていた。鈴本鈴郎が写しとるものは、たとえば銀に光るはさみの刃、たとえば大小の乾電池、たとえば割れた瓶の切りくち、たとえばまだ一回も履かれていないおんなものの高いかかとの靴、たとえばにぶい色の外国製の硬貨、そんなものだった。はさみの刃の冷気や瓶の切りくちの痛々しさや硬貨の古びた手ざわりが、鈴本鈴郎の絵からは正確に伝わってくるのだった。

「紅郎はその絵好きだった？」

「それがね、わりと好きだった」

冷徹ともいえるほど精巧な鈴本鈴郎の絵は、評価はされたが好悪の印象においては好意を集めることが少なかった。たいがいのひとは、その絵を小学生の男子が描いたと知ると、おおげさな感心の動作を示しそれからひとすじの嫌悪をあらわすのだった。

「どこが好きだったの」

「なんだかね、ふつうは我慢しちゃうことを我慢しないでいるみたいな絵だったから」

「我慢」

「そう、あまりに正直な感じ」

鈴本鈴郎自身は、色白の小柄な少年だった。寡黙で、話しかけても、はい、いいえ、特に、そんな言葉しか返ってこない。ひっそりとチダさんの教室の隅で素描をしながら、ときどき知られぬように教室を見まわしていた。いつもいちばん最初に来ていちばん最後までいた。

チダさんは鈴本鈴郎の絵を高く評価していたようで、チダさんにしては熱心に指導した。

「チダさんの熱心て、どんな」

「顔をね、近づけて、耳もとでじっくりと指導するんだよ」

「耳もと」

「そう、不熱心な場合は離れてうわの空で指導」

「チダさんらしいわね」

「らしいよね」

チダさんにかがみこまれて指導されるたびに、鈴本鈴郎は色の白い耳をうすあかく染めて、熱心に鉛筆を握りなおした。何回でも素描を行い、構図が決まると画布に向かった。絵が完成するまで、何時間でも休まず描きつづけた。

教室をこっそりと見まわすときに鈴本鈴郎の目がいちばん長くとまるのが、ミドリ子だった。ミドリ子を、鈴本鈴郎は写しとるはさみや瓶や靴と同じくらい熱心に眺めた。周囲に気取られぬよう、ひそかにそして執拗に、眺めた。誰も鈴本鈴郎の視線には気がつかず、しかし眺められるミドリ子だけは視線を感じていたのである。けしてつきささってはこない、しかしいつまでもそこにあって離れようとしない視線を、ミドリ子は怪訝（けげん）に思いながらもどうすることもできずに放置した。

それから、猫のことが始まった。

「猫のこと？」

「そう、猫」

「猫って、にゃあにゃあ鳴く猫？」

「クイズ。にゃあにゃあ鳴かない猫はこの世にいるでしょうか」

「紅郎」

「え」

「明けてきた」

夜が明けようとしていた。マキさんとアキラさんが消えてから少したつと、大きな朝日がのぼる。のぼるのと同時に、カーテンの隙間からはひとすじの薄い光が入ってくる。今まで隙間だとは知らなかったところに、光は突然あらわれる。私と紅郎はからだを寄せて畳に射す光を眺めた。畳のその部分にだけ、かすかなしみができたように見えた。

「猫が、置かれるようになった」

「置かれるって、どこに」

「玄関」

最初は縞猫だった。朝、新聞を取りにいくと玄関の外に中くらいの箱があり、中から鳴き声がする。怪しみながら開けると、縞もようの猫が一匹入っていた。蓋を開けたとたんに猫はすばやく身をひるがえし、走り去った。猫のいなくなったあとの箱に一枚の紙が落ちており、紙には『ミドリ子様　お誕生日おめでとうございます』と書いてあった。

「へんな贈り物ね」

「へんだった」

「子猫だったの」

「ちがう、大きな猫」

「そのへんのノラかな」

「たぶん」

　飼い猫でない猫をどうやって捕まえたかということも疑問だったが、いちばん妙だったのは、その日がミドリ子の誕生日でもなんでもなかったということだった。紙に書いてある字の筆跡には見覚えがなかった。

　一週間後、ふたたび玄関先に箱があり、中に黒と白二匹の猫が入っていた。蓋を開けると、これもものすごい速さで飛び出し、門の外に消えた。箱の中の紙には、やはり『ミドリ子様　お誕生日おめでとうございます』と書いてあった。

　箱の中の猫は、毎週贈られつづけ、二カ月が過ぎた。どのときも贈られるのは成猫で、少ないときは一匹多いときは四匹までの猫が箱に入れられていた。必ず『ミドリ子様　お誕生日おめでとうございます』の紙があった。朝早くから玄関先で見張ったこともあったが、見張っていると箱は置かれない。疲れて見張るのをやめると、すぐさま置かれる。

「妙ね」

「じつに」

　最後に、ミドリ子のほんとうの誕生日が来た。毎週猫を贈られその猫は箱を開いたとたんにいなくなり残るのは空の箱と筆跡不明の紙だけ、そのようなことが二カ月以上つづき、ミドリ子は弱っていた。何がおそろしいというのではないが、からだの芯が疲れる。なんだか頭がはたらかなくなる。そう言い言いし、ミドリ子は学校も休みがちになった。

ほんとうの誕生日、玄関先には今までよりもさらに大きな箱が置かれていたのである。持つと箱は重かった。猫ではない、ほかの何かが入っているらしかった。家族の見守る中、紅郎が箱を開けた。ミドリ子は箱に触れるのもいやがった。

おそるおそる開けられた箱の中には、何枚もの猫の絵が詰められていた。

「また猫」

「そう、また猫」

「にゃあにゃあ鳴く猫?」

「さっきのクイズの答え。にゃあにゃあ鳴かない猫がこの世にはいます」

精巧な猫の絵だった。写真で撮ったような猫の絵だった。写真よりももっと猫らしい猫の絵だった。今にも絵の中から猫が飛び出してきそうに感じられた。そしてそれは鈴本鈴郎のタッチだった。間違いようがなかった。精巧で、冷徹なタッチだった。今まで箱に入れられていた縞や黒や白やぶちや三毛の猫たちが、何十枚もの絵となって箱の中にいたのである。

「総決算ね」

「まあ、そう」

「鈴本鈴郎くんだったのね」

「そうだった」

「でも、なんだかまあいいじゃないの」

「それが、よくない」

「どこが、よくないの」

どの絵の猫も、目を閉じていた。目を閉じ、からだを長くして、骨がないような様子で地面に横たわっていた。その、横たわるさまは、無理に見ようとすれば日向(ひなた)でうとうとと眠っているようにも見えないこともなかったが、やはりどう考えても死んでいるように見えたのである。

死んだ何十匹もの猫、ほんものそっくりの、目を閉じ硬直した、けしてにゃあにゃあ鳴かない。

絵の重なりのいちばん上には、『ミドリ子様　お誕生日おめでとうございます　ぼくはあなたを愛します　鈴本鈴郎』という紙が添えられてあった。

ミドリ子は、そのときから半年の間、ひとまえで喋れなくなったのだという。

ない。

「たすけて」

突然切り出した。ミドリ子のいつもの調子である。口調はせっぱつまっているが、どこかとりとめのない空気がただよっている。首を傾けるようにして頰を染め、ミドリ子は、もう一度、

「たすけてせんせい」と言った。

「どうしたの」

聞くと、傾けていた首をうなだれる。

「どうしたの」もう一度聞いた。

ミドリ子のえりあしのおくれ毛がミドリ子の呼吸とともに揺れていた。

「あの、運命の女の」また突然切り出す。

「え」

「いつか、わたし、せんせいに言ったでしょう」

運命の女という言葉を言う男の子がいる、ミドリ子はそういえば以前言っていた。せんせ

「あのねせんせい」

数日後、ミドリ子が職員室にやってきた。職員室でミドリ子に会うのははじめてかもしれ

い、男の子って、そういうこと言うの。ミドリ子は訊ねたのだった。

「その男の子がどうか？」

「あのねせんせい、すずもとすずろうのこと、知ってるでしょ」

すずもとすずろう、と発音するミドリ子の口調は、いつものミドリ子の口調にも増して舌足らずだった。不自然なほどの舌足らずだった。

「鈴本鈴郎ね。こないだ紅郎から聞きましたよ」職員室なので、職員室らしげな話しかたになる。ミドリ子が目を泳がせた。

「すずもとがね、このごろ毎日なの」

「毎日」

「そう、毎日、やってくる」

鈴本鈴郎が、やってくるようになっていた。今や高校生となった鈴本鈴郎が、毎朝ミドリ子のところにやってくるのだという。ミドリ子が電車に乗るために改札口を通り抜けた瞬間から、鈴本鈴郎はミドリ子のあとにつき従うのだという。満員の朝の電車の中、鈴本鈴郎はひと一人ぶん離れた位置にいて、ミドリ子を凝視する。今や鈴本鈴郎は小柄ではなく、長身瘦軀（そうく）の、これは昔どおり色白の、少年とも青年ともつかぬものになっていた。少年とも青年ともつかぬ鈴本鈴郎が、ミドリ子をただただ凝視するのだという。

「いやなの？」私が問うと、ミドリ子はうすぼんやりとした目になった。膜がかかったようになった。

「いやです」

いや、と言いながら、いまだにとりとめがない。実際にどのくらいの『いや』なのか、量れない声だった。

「それで、あなた鈴本鈴郎さんに何かされますか」また職員室口調になった。ミドリ子もとりとめないながらかなり緊張していたが、私も負けないくらい緊張していた。職員室にミドリ子は、まったく似合わない。

「なにかって」

「望んでいないのに触れられたりなぐられたり怒鳴られたりセックスを強要されたり」

少し私の声が大きくなっていた。隣の教師が驚いた表情で見た。しかしかまわずに喋りあった。

「よくわからないのです」

「よくわからない？」

「あの」

「え」

「紙が入ってるの」

学校に着いてかばんを開けると、必ず一枚の紙が入ってるのだという。かばんの隙間から押しこんだものだろうか、結び文のかたちになった紙が入っているのである。毎日必ず鈴本鈴郎は紙をかばんの隙間にすべりこませるのだという。どの瞬間に紙をすべりこませるのか、注意していてもわからない。わからないが、常に紙はかばんの中に入っているのだという。

「何か書いてあるの」

ミドリ子は持っていた封筒から数十枚の紙、たたみじわのついた五センチ四方ほどの白い紙の束をとり出した。紙には『あなたはぼくの運命の女です　鈴本鈴郎』と書いてあった。どの紙にも同じ文章が、黒インクのていねいな筆跡で書いてある。めくってもめくっても、同じ位置に同じ文章が書いてある。

「せんせいたすけて」

ふたたびミドリ子が言った。わかった、わかりましたから、もう少しくわしく聞かせてちょうだい、そう言って、私はミドリ子を職員室から連れ出した。どこで話す、聞くと、ミドリ子は、図書館がいい、と下を向いたまま答えた。郷土史と詩歌の書架の間で、私はミドリ子から『くわしい』話を聞くことになる。ミドリ子はとりとめもなく喋った。とりとめもなく喋られたのは、次のような内容であった。

すずもとすずろうが来るの。

すずもとは、いつでもやってくるの。

そばに来るのではない、ほんの少し離れたところに来る。

歩いている背後にからみついて来るものを感じれば、それはすずもとすずろう。

すずもとはなにも言わない。

でも、なにも言わないすずもとからは、無言の波動が伝わってくる。

きみはかわいい、きみはうつくしい、きみは弱い、きみは偽善的である、きみは無邪気である、きみは狡猾(こうかつ)である、きみは柔和である、きみはきよらかである、きみはよこしまである、きみはみにくくある。

そういう波動が伝わってくる。

すずもとによってわたしはいつも青ざめさせられ、立ちすくまされ、無口になり、暗澹(あんたん)たる心地にさせられます。

けれどもすずもとをわたしは拒めない。

すずもとにつけいられるのが、わたしは快いのです。

知らず知らずのうちに、わたしは自らすずもとのいる暗いものかげ暗い隅に走り、すずもとの言説に聞きいり、すずもとにひれ伏してしまいたくなる。

すずもとはなにも言わないのに、ただ凝視するだけなのに、わたしはすずもとにひき寄せられずにはおられない。

わたしはすずもとを拒めない。

このままでは今にすずもとはひそひそとわたしの中にしのびこみ、思うがままにわたしを扱い翻弄(ほんろう)するにちがいないのです。

それを想像すると、膝ががくがくし、背中いちめん汗にぬれ、鼻の奥がつんとしてくるのです。

それでもわたしはすずもとを拒めない。

すずもとすずろうは、わたしを土の中に埋めて、土をかけて、上からとんとんと靴で踏みつけることでしょう。

指ひとつ動かさず。

言葉ひとつ発さず。

わたしは土から出られない。

出られないし、出たくないのかもしれないのです。

せんせい、たすけて。たすけてください。

ミドリ子の口は半開きだった。これだけのことを語ったあとも、ミドリ子はとりとめがない。大きな目が輝き、くちびるは赤くいきづいている。ミドリ子のとりとめのなさが、私はこわかった。そのような暗い場所にいるのに、何も考えていないようなミドリ子のとりとめのなさが、たいそうおそろしかった。

「拒否すればいいのだと思うけれど」

私が言うと、ミドリ子は首を振った。

「拒否できないから困るの」

「どうしてもできないの」

「どうしても」

「拒否したいの、それとも拒否したくないの」

聞くと、ミドリ子は黙った。書架の脇に積んである雑誌の山が、静かに崩れた。崩れて、私たちの足もとにすべり落ちてきた。

「よくわからないんです」雑誌を一冊手に取りながら、ミドリ子が答えた。

「ふうん」

ミドリ子は雑誌をぱらぱらとめくった。どこかの国の山や河の写真が載っている。河の両岸は密林で、山の腹には巨大な鳥が群がっていた。鳥たちは首をもたげて山並みを見上げている。山頂には日が当たっている。暗い日差しだった。ミドリ子はしばらく写真を見つめていた。

「拒否していいの？」

ずいぶんたってから、ミドリ子は聞いた。

「せんせい、拒否していいの？　わたし、どうやってものを拒否していいのか、わからない」

ミドリ子の顔がほんの少しゆがんでいた。私の目を覗きこむようにして、ミドリ子は顔をゆがめた。ミドリ子の顔を、私も覗きこんだ。

いつまでも、私たちは覗きこみあった。以前、紅郎と薄目しながら接吻をつづけたのと同じく、いつまでも。ただしこのたびは目を大きく見開いて。私たちはお互いを覗きこみつづけた。

7

「このごろ」紅郎が言った。

「このごろ、ミドリ子がよく来るよ」

ミドリ子は鈴本鈴郎のことを私に訴えて以来、ふたたび学校を休みがちになっていた。職員室に来ることもなかったし、たまに廊下や図書館で会っても、目をそらした。教室ではあいかわらずうしろ向きで、ぐにゃぐにゃと机につっぷしていることが多かった。

「来るって、この部屋に」

「そう」

しかし私が紅郎の部屋にいるときにミドリ子と会うことはめったになくなっていた。以前はしょっちゅうやってきては、紅郎と私の前で写真集やら画集やらをぼんやりめくっていたものだったが。

「どんなふう、げんき」

「いつものよう」

「ようって」

「つかみどころなし」

そう言いながら、紅郎は眉を寄せた。何かが妙だった。紅郎の表情か、そうではない、それでは紅郎の口調か、そうでもない、紅郎のまわりの空気か、そうではないが少し近い、おそらく妙なのは、ミドリ子が紅郎の部屋に残してゆく気配なのだろう。妙なのは、ミドリ子の残してゆく濃い気分なのだろう。

「きて、なにしてるの」

「おにいちゃん、て言って俺に寄りかかってる」

「そう」

「寄りかかりながらほろほろ泣いたりすることもある」

ミドリ子は鈴本鈴郎のことについては紅郎に語らないのかと紅郎に問うたが、何も語らないという。ミドリ子に聞いた鈴本鈴郎の言動をかいつまんで話すと、紅郎はさらに強く眉を寄せた。

「チダさんはどうしてるのかな」言うと、

「知らない」紅郎はおさえつけたような声で答えた。紅郎の声がこわかった。鈴本鈴郎について喋っている最中なのにとりとめなくぼんやりしているミドリ子がこわかったのと、同様のこわさだった。私にははかり知れない何かを、紅郎もミドリ子も持っているのかもしれない。同じ人間だと思っているのに、ほんとうはぜんぜん違う生きものなのかもしれない、そのようなこわさだった。

「こないだミドリ子に接吻された」

「え」

紅郎のくびすじに、ミドリ子は接吻したのだという。くすぐったいからやめなさいと言っても、ミドリ子はやめなかった、直前までぐんなりしていたのが、突然接吻しはじめた、ほら。

ほら、と言って紅郎が上着の襟を広げると、紅郎の頸に赤くまるい印がついていた。四箇所、赤いまるい印はついていた。

「赤い」こわごわ言うと、紅郎は少し笑った。

「赤いね。そのうち紫になる。打ち身と同じだ」

「でも今は赤い」

赤さが、こわかった。のぼる朝日のように沈む夕日のように、紅郎のくびすじの痣（あざ）は赤いのだった。妙だった。からだの奥で何か知らぬものが動いているような感じだった。知らぬものは、私のからだの奥を、ゆっくりと徘徊していた。

姉が家を出た。

オトヒコさんの部屋に引っ越したのである。オトヒコさんと生活するために、そそくさと家を出たのである。

「どうして出ていくの」姉の荷物があらかた運び出されてしまってから、母が不服そうに言うと、姉はオトヒコさん関連のことを喋るときにはいつもそうなように、宙を見据え、

「四六時中一緒にいたいの」と答えた。

「四六時中」

「そう四六時中」

「でも一緒に暮らしても、ほんとうはぜんぜん一緒じゃないのに」

母が小さな声で言うと、姉は少しの間考えていたが、やがて頷いた。

「一緒じゃなくても、それでも離れて暮らしてるよりは一緒にいられる」

「そんなものだったかしら」

「お母さんだって、それだから何回か結婚したんでしょ」

今度は母が少しの間考えて、それから頷いた。

「そうだったかもしれない。食べても食べてもおなかいっぱいにならないみたいな感じで、一緒に暮らしたかったような気もする」

「でしょ」

「でもほんとにそうだったか、忘れちゃったなあ」母は感慨深いような声で言った。母とチダさんの場合はどうだったのか、姉と母のやりとりを聞いていた私は一瞬思ったが、聞くことははばかられる。

「オトヒコさんは元気？」かわりに姉に聞いてみた。

「元気みたい」

「みたいって、なによそれ」母が少し声を大きくした。

「げんきげんき」姉は言い直し、目をつぶったり開けたりした。

「ものすごく元気でございますよ」

ございますよ、と言いながら、姉はあとじさるようにして玄関まで行き、音もなく扉を開き、ひらりと外へ身をうつした。

「それではそれでは」姉はなんだかよそのひとみたいな口調で言い、おじぎをした。

「じゃあ」と母が言い、私もつられて、

「では」と言った。

姉はあとじさりの恰好のまま門までいき、一度だけ立ち止まって手を振ると、くるりと身をひるがえした。姉のものである赤い自転車の荷台に、最後に残っていた荷物をくくりつけた。そのまま、私鉄の駅五つぶんの距離があるオトヒコさんの部屋まで自転車を漕いでいくらしかった。

赤い自転車とはためく姉の髪がすっかり見えなくなるまで、母と私は門の前に立って見送った。雲が速く流れ、風は強くなっていた。遠くに雨の匂いがしていた。


姉の吐き出していた空気がなくなり、姉の持ち物と姉自身も見えなくなってしまうと、しばらく家の中はまばらな感じになったが、やがてまばらなところは均された。知らぬ間に母と私は薄く家の中に広がり、姉の不在によってできた隙間は満たされた。

オトヒコさんと姉の住む部屋を訪ねてくれないかと母に言われてしぶしぶ訪ねたのは、姉が赤い自転車で去ってから二カ月と三日後であった。梅雨が明けそうになっているころで、朝から細かな雨が降りつづいていた。

呼び鈴に応えて扉を開けたのは姉で、見たことのないエプロンなんかをしている。チダさんがかつてつけていたエプロンと似ていないこともない、どちらかといえばよい趣味とは言いがたいエプロンだった。

「なにそれ」と言うと、

「最初に言う言葉がそれなの」と怒った顔をする。

「最初って、ユリエちゃんと今はじめて会うわけじゃなし」

「それはそれ、これはこれ」

姉はどんどん先に立って部屋の中を案内した。髪を三つ編みにして頭に巻きつけて、足どりはすばやい。以前からそれほどのんびりしたたちではなかったが、さらに姉の動作のはしばしは機敏になったように感じられた。しばらくぶりに会うからなおさらそう感じるのかもしれなかったが。

オトヒコさんはいるのかと聞くと、姉はいそいで三回頷いた。

「もうすぐ来るはず」

はず、と言いながら、姉はもうすぐに来るとは思っていないような表情だった。思っていないが平気、という表情だった。さほど広いとも思えぬこの家のどこにオトヒコさんは隠れているのか、こそとも音はしない。台所に置いてある卓の椅子に腰かけて、姉のいれてくれたコーヒーを飲みながら、あたりを見まわした。台所の次の間は畳の部屋で、押入れでない部分の壁は、天井から床までが本棚になっていた。大きな本の上に小さな本が積まれ、そのまた上に大きな本が載る。積まれた本の奥にはさらに本が積まれ、入りきらない本は棚の前の床に重ねられていた。

「オトヒコさん、今なにしてるの」聞くと、姉はコーヒーに牛乳を注いでぐるぐるかきまわしながら、

「さあ」と答えた。

何を話したらいいのか迷っていると、姉は立ち上がって流しの下の扉を開け、中からなにやらとり出した。

トランプだった。流しの下にトランプ？

「しよう」姉は言い、私が返事をする前に手さばきよくトランプをきった。手品師のように、あざやかに姉はトランプを扱った。

「じじぬき」

姉は目をつぶって慎重に札を一枚抜きとり、自分の敷いている椅子用の座布団の下に隠した。さらに慎重に札を配り、椅子から床に下りてうしろを向き、札を床に広げた。うしろを向いたまま、

「マリエちゃん見ないでね」と言う。背中を使って広げた札を隠すようにして組札を選び、選びおわると組になった札をきれいにそろえて椅子に戻り、卓の上に札を置いた。

「さ、始めましょ」

真面目な顔で言い、じゃんけん、と大声でとなえる。勢いに押されて私も真面目にじゃんけんをした。姉の勝ちだった。

二人で行うじじぬきはすぐに終わる。三回したあとで、もうやめましょうと言うと、姉は首を横に振った。さらに五回したあとで、もう一度やめようと提案したが、姉は承知しなかった。十三回めが終わったときに、ようやく姉が腰をあげたのでほっとしたが、腰をあげたのはコーヒーをいれかえるためだった。結局、二十三回じじぬきを行い、コーヒーを三杯飲み、もうほんとにやめる、と私が叫んだところで、オトヒコさんがあらわれた。

オトヒコさんは寝巻を着ていた。上着のいちばん上のボタンが取れて、膝に穴があいていた。あいかわらず落ちついた声で、

「やあやあよくいらっしゃいました」と言い、姉の隣の椅子に腰をかけた。眼鏡をはずして小さな布を寝巻のポケットからとり出して、熱心に眼鏡の玉を拭いた。拭きおわると、姉の飲みかけのコーヒーを飲みほし、それから躊躇(ちゅうちょ)なく私のコーヒー茶碗に手をのばして口もとに持っていくと、一息に飲みくだした。

「おいしいなあユリエのいれるコーヒーは」

ため息をつき、オトヒコさんは私に向かって手をさし出した。意味がわからずにぼんやりしていると、

「ややあよくいらっしゃいました」と、さきほどと同じ調子で言い、私の手を取って強く握った。

オトヒコさんのてのひらはすべすべとしていて柔らかかった。私のてのひらには汗がにじんでいるはずだった。オトヒコさんのてのひらの中で、私のてのひらは、力を失ってぐったりとしているはずだった。

オトヒコさんの話が始まった。

「うさぎがね」とオトヒコさんは始める。

「うさぎが僕は好きで。

カナリアと違って、これは自分で飼っていたのではなかったけれど、学校の檻で飼っているうさぎを僕は毎日かわいがっていました。大根の葉っぱだのキャベツのいちばん外側の固い葉だの近所の雑草だのを、毎日袋に詰めてランドセルの奥に入れ、二時間めと三時間めの間の長い休み時間と昼休みと放課後の三回に分けて、うさぎたちにやった。飼育係もいたん

だが、飼育係のやる餌よりも、うさぎたちは僕の与える緑のもののほうを好んで食べました。緑の葉を長い時間かけてもぐもぐ嚙んだあと、うさぎたちは目をぱちくりさせながら水を飲みました。水も飲みおえてしまうと、網越しにじっと僕を眺めます。網の破れめから腕を入れてうさぎを撫でると、どのうさぎもかすかにふるえているのがわかった。ふるえるあたたかなうさぎの背中を、何回でも撫でました。カナリアはふるえながら死んでしまったが、うさぎはふるえながら生きている。うさぎの背中はある部分がとても堅くて、その堅さを僕はいつまでもたのしんで撫でたのです。たのもしい堅さだった」

姉はオトヒコさんの背中に隠れるようにして話を聞いていた。うさぎの話か、と私は思った。このところ動物の話ばかり聞いているような気がした。カナリアに猫にうさぎ。姉の顔は少しだけうさぎに似ている。黒目がちであまり何も考えていなさそうで底に頑固なところのある顔。

「ある日の放課後、僕がいつものように金網越しにうさぎの背を撫でていると、しゃがんでいる僕の足もとにうしろからすり寄ってくるものがある。振り向くと、飼われているうさぎの中でもいちばん毛が長い白うさぎが、僕の尻のあたりにうずくまっているのでした。驚いて抱きあげると、うさぎは僕に寄り添うように、なついてくる。僕の顔を見上げ、うるんだ目でじっと見る。檻からどうやって出たのか。僕は辛抱できなくなって、ランドセルを開くと、中の教科書を全部とり出し、空いたランドセルにうさぎをそっと入れました。

家までそろそろ歩いて——そろそろ歩かずに走ったりすれば、ランドセルの中のうさぎが傷ついてしまうかもしれないし。そろそろ歩いて、部屋に鍵をかけ、うさぎを静かにベッドにのせました。そのとたんにうさぎは長い距離を跳ねた。ベッドから床に向けて、大きく跳躍した。

追いかけると、また跳躍します。追っては跳ねられ、跳ねられては追うことを繰りかえしているうちに、うさぎは疲れたのか、ふたたび動かなくなりました。うさぎは机の下に狛犬のような姿勢で座りました。うさぎの目の高さまで僕が顔を下げると、うさぎは黒目を向けました。僕はうさぎの目を覗きこみました。うさぎも僕の目を見る。見つめあっているうちに、このうさぎを大昔から愛していたような気持ちになった。小学生が愛するという概念を知っているのかと聞かれれば、僕は自信を持ってはいと答えます。小学生は愛も生も死も憎しみも何もかも知っている」

なるほど、というふうに私が頷くと——なるほど、という以外にオトヒコさんの話には反応のしようがないのだから——オトヒコさんは嬉しそうに咳ばらいをした。姉の目は電灯を反射してきらめいている。

「うさぎを、僕は十三日間部屋にかくまいました。黒い丸いふんが散らばるのをせっせと拾い集め、昼は古い脱衣籠に厚紙の蓋をつけたものにうさぎを入れ、学校から帰ってきてからは空いている時間を全部うさぎに割きました。食事しているときと便所に行っているとき以外は、うさぎと見つめあって過ごしました。眠る時間も惜しみました。毎日二時間くらいしか眠らなかった。うさぎが眠っている間も、眠っているうさぎを見てはよろこんだ。

そうやって十三日が過ぎました。十三日めの夕方に、僕はなんだかちがうという感じを持った。そして、十四日めの朝には、僕はもううさぎを愛していなかった。朝の光の中で見るうさぎはただのうさぎだった。このうさぎのどこがほかのうさぎとちがうのか、僕にはさっぱりわからなくなっていた。しばらく愛そう愛そうと念じたが、だめだった。しかたがないので、ランドセルに入れて運び、こっそりうさぎの檻に返しました。愛が終わったのがかなしかった、うさぎをもう愛せないのが情けなかった。でもどうしようもなかったのです」

なるほど。

なるほどなるほどと私は口の中で繰りかえし、姉のほうをうかがった。姉はいつの間にか出してきたらしい緑色の豆を食べていた。見ていると、何粒でも豆を食べる。オトヒコさんの話はそこで終わったらしく、それ以上は何も喋らなくなった。

「あの」姉に向かって言ったが、姉はもぐもぐ食べるばかりで、答えない。

「あの」オトヒコさんに向かっても言ってみた。オトヒコさんはにこやかにほほえんだが、やはり答えない。

「面白い話でしたね。そういえば、ユリエちゃんも昔はよくお話をしてくれたんですよ」

もう一度オトヒコさんに向かって言うと、オトヒコさんはさらににこやかな表情になった。

「でもユリエちゃんの話は、みんなつくりばなしだったんです。オトヒコさんの話とはちょっと違うかもしれない」こんどは姉を見ながら言った。残っている豆を袋の底にさぐりながら、姉は目を光らせた。

「いや、僕の話もほとんどつくりばなしです」

オトヒコさんはあたたかな声音で言った。

「え」私は口の中に息をのみこみながら言った。姉もオトヒコさんも、にこやかである。少しにこやかすぎるくらいに。

「マリエ、前にも言ったでしょ」

姉もあたたかな声音で言った。オトヒコさんは頭を掻いた。豆の残りを皿にのせて私のほうに押し出しながら、姉は、

「似た者どうし」と言い、それが合図であるがごとく、オトヒコさんと姉は例によってじっと見つめあいはじめた。

「ねえ、マリエちゃん、こんどは三人でじじぬきやろう」

見つめあうこと七分後に、ようやく二人はお互いから視線をはずした。姉が渡したトランプを、オトヒコさんは姉よりもさらにあざやかな手さばきで扱った。札はオトヒコさんの腕に並んだのち空を飛び、最後にオトヒコさんのてのひらにすっぽりとおさまった。

「三人だからばばぬきでもいいかもしれないですね」

オトヒコさんは言い、言うなりばばを素早く札の山にさしこんで配った。

姉とオトヒコさんはさっさと部屋の右隅と左隅に行き、背を向けて床に座り、札を選びはじめた。私は茫然としたまま、三の組と七の組と八の組と十一の組を卓の上に投げ出した。オトヒコさんと姉は慎重に札を選び、二人ほぼ同時に卓に戻ってきた。それから声を揃えて、

「じゃんけん」と叫んだ。

私たち三人は、熱心にじゃんけんをした。ばばぬきは三十五回続けられた。三十五回めが終わると、オトヒコさんは立ち上がり、

「おやすみなさい」と言った。ていねいにお辞儀した。

お辞儀をしてから姉の頰に接吻をし、次には私の頰に接吻をした。

「あなたたちも早く眠るんですよ」という言葉を残し、オトヒコさんは部屋から去った。姉がもう一度「じじぬきしようマリエちゃん」と言いだすやもしれぬと、私の胸は動悸が激しかった。

風と雨が窓に当たって大きな音をたてた。音がするたびに、私の動悸は高まった。

「マリエちゃん」

やがて姉が小さく言った。

「マリエちゃん、ひさしぶりにお話してあげようか」

姉は言い、私の返事を待たずに、

「マリエちゃん、むかしむかしね」と始めた。

雨風が強まってきていた。オトヒコさんの部屋からは、もの音ひとつ聞こえてこない。時おり電灯が急に暗くなり、それからすぐに元に戻る。こんな夜が、以前にもあったような気分だった。いつだったかは思い出せないのだが、たしかに、以前にも、あった。

8

むかしむかし。姉は始めた。

むかしむかしあるところに。

あるところにオトヒコくんという男の子がいました。オトヒコくんはたいそう内気な子供でありました。内気で、かしこく、食い意地がはっている、そのような子供だったのです。内気なのとかしこいのと食い意地のはっているののうちどれがいちばんまさっているかといえば、それは食い意地であります。オトヒコくんはいちにちに六回の食事をとることを習慣としていたのでした。

一回めは夜明けと共に、二回めは家の人たちの朝食と一緒に、三回めは給食の時間に、四回めは学校から帰るとすぐさま、五回めは家族の夕飯にあわせて、六回めは真夜中の十二時に。どの回にも（給食は除いて）オトヒコくんは、ご飯四膳にみそ汁三杯をきっちりと時間をかけてとり、あとは皿に山盛りの肉や野菜や果物をするりと食べることを常としていました。

　オトヒコくんの食欲はたいそうなもので、それは食欲とひとことでは言えないくらいたいしたものでした。欲、というようなものではなく、ただそれだけのものとしてそこにあるもの、というものだったのです。オトヒコくんは食べ物を食べたいから食べるのではなく、食べなければならないから食べるのでした。食べ物がオトヒコくんに食べられることを欲求しているのでした。ですからオトヒコくんは、発作的、にではなく、たゆみなく、いちにち六回の食事をこなして、しかもゆうゆうとしていたのでした。

　ある日オトヒコくんのところに一人の神様が下りてきました。神様といっても、それはどちらかといえば悪魔に近いかもしれない、ちょうど外国のどこかの神が山の上で修行をしていたときにあらわれて修行の邪魔をするために誘惑を行ったような、そのようなものなのでした。

　神様はオトヒコくんに向かって、

「そのように食べつづけているとおまえはほどなく死ぬ」と言いました。

「そう」とオトヒコくんは答えました。死ぬなんて、一瞬も信じなかったのです。

「死ぬのがいやならば私が助けてしんぜよう」神様はつづけます。オトヒコくんは神様の言うことなどてんから問題にしていませんから、「はいはい」などといいかげんに答えながら、その日六回めの食事をちゃくちゃくととっていました。

「死にたくなければ、食事をやめにしたまえ。食事をやめにしたなら」神様はそこまで言うと、意味ありげに沈黙しました。

沈黙は長くつづき、オトヒコくんはその間もせっせと食べものを口に運んでいるのでした。

「やめにしたなら、君を世界一の男にしてさしあげよう」

「え」とオトヒコくんは言いました。

「せかいいち？」

神様はにやりとして、オトヒコくんの耳に口を寄せます。オトヒコくんの桜色の耳たぶがふるふると顫(ふる)えます。もっともオトヒコくんは耳たぶを顫えさせながらも食べ物を口に運ぶことをやめないのでしたが。

「せかいいちの男って、なあに」オトヒコくんは無邪気な口調で聞きました。

「世界一の力、世界一の財産、世界一のもちもの」神様はすらすらと答えます。オトヒコくんは目をまるくしました。

「世界一の力と世界一の財産って、なんとなくわかるけれど、世界一のもちものってなんだ」オトヒコくんは口いっぱいにかれいの煮つけを頬ばりながらさらに無邪気に聞きました。

神様はにっこりとします。

「世界一のもちもの、それは世界一誠実な男のともだち、または世界一うつくしい女の恋人」神様はおごそかに答えました。

「そういうの、もちものなの?」オトヒコくんが訊ねると、神様は大きく頷きました。

「人材は宝」

「そうかなあ」オトヒコくんはすぐさま答えます。このような場合少しでもぐずぐずしていると見る間につけいられることをオトヒコくんは本能的に知っているようなのでした。

「神の語る言葉を疑うとは不敵な奴」神様は大声で言い、オトヒコくんをはっしと睨みつけます。オトヒコくんはかれいの次のほうれん草のごまあえにかかりながら、ふんふんと頷きました。

「疑ってるんじゃないよ」

「ふむ、そうか、まことにそうか」

「ぜんぜん信じてないだけだよ」

オトヒコくんが落ちつきはらって答えたとたんに、かあっ、というような音がして、神様のからだは青白く光りはじめました。どろどろいう音もします。神様はお寺の山門にある仁王のような姿勢をとりました。オトヒコくんはぼうっとしたまま、仁王のごとき神様を眺めていました。(あんまり独創性はない神様だなあ)とオトヒコくんはひそかに思っていたのです。むろんそのような考えはおくびにも出しませんでしたが。

「この罰当たりが」

神様は叫んで、オトヒコくんに向かっていかずちを投げつけました。オトヒコくんは稲妻を受けて一瞬ひるみましたが、なにせ架空の稲妻なものですから、またたく間に回復いたしました。

「神様、さっきから僕いっしょけんめい聞いてるんだけど、それで、なにが言いたいの」

ごまあえの次の牛のしっぽのシチューをすすりながら、オトヒコくんは親切な声で訊ねました。

「何がって」

神様は仁王立ちをやめて、膝をつきました。

「何がって、それは」

そこまで言って、神様は言葉をとぎらせてしまいました。とぎらせて、頭にてのひらをのせて、目を閉じます。

「神様の言おうとしてることの意味がわからないんだよ」オトヒコくんはますます親切な声

で言います。

「意味？」神様はオトヒコくんの言葉をおうむがえしにしました。

「意味ね」そう繰りかえして、神様は少し元気を取り戻したようでした。

「いったいに、君は人生を意味で生きるのかね」神様は目を光らせます。

「だって意味がなければ意味がないでしょう」オトヒコくんが洒落（しゃれ）のような洒落にならないような言葉を返しますと、神様はわれがねのような声で笑いはじめました。

「まあそれはそのとおりですね」神様はなんだかいやにていねいに言って、膝を折りました。ちょうど貴婦人が膝を折って優雅に会釈をするように、神様はオトヒコくんに対して頭を低くしたのでした。

「そういうことでしたらば、わたくしは君に何もさし出す必要はないということになりますね」神様は言い、それと同時に神様の頭からは後光が射しはじめたではありませんか。

「意味を問うてはいけないの？」オトヒコくんが不思議そうに言うと、神様は後光あふれる頭をさらに低くして、いんぎんな口調で答えます。

「いけなくなぞありません、それどころか」神様は一回りほど大きくなったように見えました。

「それどころか、それはわたくしにとってはこよなく嬉しいことですね」

オトヒコくんは少し不安そうになりました。

「嬉しいって言われてもね」

「意味を問うていってください。どこまでもどこまでも」

神様はわれがねよりもさらに割れた声でそう言うと、煙をたてて消えました。オトヒコくんには、最後に神様が言った言葉は、音が割れすぎていたために実はあんまりよく聞こえなかったのです。

意味？　とオトヒコくんは思いました。僕が食べつづける意味は、いったい何なのか。などと考えること自体が神様の思惑にのることであるのだから、僕は何も考えずに食べつづけることと決める。そう決心して、オトヒコくんは六回めの食事をてきぱきと終えました。六回めの食事は、いつものように、たいそうおいしかった。


姉はそこまで語ると、ほっと息をついて、卓の上にあったバウムクーヘンを手にとった。いつの間に出したものか。

「で、神様の言ってたことって結局何なの」姉がバウムクーヘンをていねいに一層ずつ剝がしては口に入れるのを眺めながら、私は聞いた。

「そうねえ」姉は遠いところを見る目を一瞬したのち、すぐに手近のバウムクーヘンに戻って、答えた。

「つまりあれよ、意味を生きるひとは意味を生きることに終始するのである、っていうようなことね」

「なにそれ」

「なにそれって、それはそれっていうことで」バウムクーヘンのいちばん内側をゆっくり噛みながら、姉はにこやかにしめくくった。しめくくって、それで話はおしまいかと思っていた。思っていたが、そうではなかった。話は、つづくのであった。


むかしむかし。

むかしむかしより少し今に近いくらいのむかし。

あるところにオトヒコくんという青年がいました。

オトヒコくんは、たいそう頑固な青年でした。オトヒコくんがどのくらい頑固かということを説明するには、たとえば次のようなお話はいかがでしょう。

あるときオトヒコくんは夜の街でお酒を飲んでいました。青年になったオトヒコくんは、少年のころの多食からいつしか自然に多飲へと習慣を移していました。多飲つまりお酒をたくさん飲むという日々です。毎夜のように夜の街でお酒を飲むオトヒコくんの目の前に、あるとき小さなねずみのようなものがあらわれました。ねずみのようなものは、並んでいるとっくりの前にちょこんと座って目をくりくりさせているのでした。

「やや、それではついに僕もアルコール中毒というものになったのであるか」オトヒコくんはねずみのようなものに向かってつぶやきました。

「ちがう、このねずみじつざい。このねずみいるよ」ねずみのようなものは、落ちつきはらって答えます。

「それでは君は喋るねずみというわけか」

「ほんとはこのねずみ、ねずみでない。でもあなたたちがねずみとかんがえるものにいちばんちかいのでねずみとじしょうする」

「自称するわけですか。はあ」オトヒコくんは酒をくいくい飲みながら、ぼうとした声で答えました。だいぶ酔いは深いようでした。

「ねずみとあなたとしょうぶしますがいいか」ねずみのようなものはオトヒコくんの腕によじのぼりながら、言いました。言いながら、腕先から腕のつけ根、つけ根から肩へと移動し、オトヒコくんの耳もとにやってきました。

「勝負?」

「そう、しょうぶあります」

ねずみのようなものは、オトヒコくんの耳に息を吹きこむようにして言いましたので、オトヒコくんはくすぐったさのあまり猪口(ちょこ)を取り落とし、厨房から顔を出して様子を見守っていた店主は眉をほんの少し持ち上げました。さいわい猪口は割れなかったので、店主は眉など上げなかったふりをして、乗り出していたからだを厨房に戻します。

「何の勝負」オトヒコくんが少し呂律(ろれつ)のまわらぬ口調で聞きますと、ねずみに似たものは、

「さんばんしょうぶ」と答えました。

「三番？」

「さんばん。さんかいしょうぶするよ」

「勝負って、どうやって」

「ほん、ほん」

そう言いながら、ねずみのようなものはオトヒコくんのかばんの中から外国の短編小説をずるずるとひきずり出して、なにしろねずみのようなものというくらいでたいそう小さいものですから、かなり時間をかけてひきずり出したわけですが、でたらめにぱたんと頁を開きました。頁の最初には「活発な身体には活発な霊魂が宿る」とありました。

「ほら、『活発』」ねずみのようなものは、高い声で言いました。

「わたしとあなたのどちらがかっぱつか、まずきょうそうです」

そう言うなり、ねずみのようなものは卓の上のその場で独楽のように回転しはじめました。しっぽを軸にして、数えれば、一分間に約七十回転しているのでした。オトヒコくんはしばらくねずみのようなものの微妙なバランスで行われる回転を眺めていましたが、やおら椅子から立ち上がると、自分も床のその場で回転を始めました。ねずみのようなものと同じく一分間に約七十の回転、厨房からふたたび身を乗り出していた店主は今度は眉を数ミリは上げましたが、オトヒコくんの回転は音もなく行われていましたので――オトヒコくんはこれであんがい運動神経はよかったのです、実は回転は彼のひそかに得意とするところでした――、しばらくすると店主もまわりの客も、オトヒコくん・ねずみのようなものの二つの回転をうっとりと眺め入るようになるのでした。

二種の回転は、いつまでもつづきました。途中ねずみのようなものが息をつぐために三回ほど回転を止めて小休止したのと、オトヒコくんが排泄および水分摂取のために四回の中断を入れたことを除けば、回転は店が閉まるまでつづき、勢いを弱めることはありませんでした。

「活発なのはどちら」閉店を告げられて、オトヒコくんは店主に向かって叫びました。ねずみのようなものは、無言で回転をつづけています。

「お客様、水商売の人間というものは常に中立を守るものではありませんか」店主はうっとりと二つの回転体を見ながらも、無情に言いはなちました。ねずみのようなものとオトヒコくんは回転しながら店の扉を開け、夜の街の通りに出て、そのまま小道に入りこみました。ねずみのようなものとオトヒコくんは結局夜明け近くまで回転していました。やがて東の空が明るみはじめると、ねずみのようなものは、

「ひきわけ」と小さな声で言いました。

「あなたねばりますね」ねずみのようなものは、感心した声で言い、静かに回転をとめました。オトヒコくんは感心されてからも少しの間ぶんぶんと回転していましたが、最後にはねずみのようなものと同じく静かに回転をとめました。

オトヒコくんの回転していた地面は少しへこんでいましたし、ねずみのようなものが回転していた地面にはしっぽの太さの穴ができていました。

「あなたにんげんのはんいをこえたもののようにおもえますねなかなか」ねずみのようなものが言うと、オトヒコくんは、

「それはともかく酔いはさめたね」と、少々残念そうに答えたのでした。

回転しつづけることを果して頑固というのか、姉はそのあたりのことは説明せずに『お話』をつづけた。

次の勝負は、『暴力』でした。

「ぼうりょく」とねずみのようなものが宣言した途端に、オトヒコくんはさあっと青ざめました。ねずみのようなものはオトヒコくんの顔色には頓着せずに、小さなうしろ足を蹴立てて走りはじめました。姿が見えなくなってから数十分後に、ねずみのようなものは薪をしょって帰ってきました。

「えい」とねずみのようなものは大きなかけ声をかけながら、地面に背中の薪を打ちつけました。打ちつけたとたんに、地面から靄のようなものがあらわれ、その靄の中からはかすかな音がするのでした。ねずみのようなものは、靄に向かって何回でも薪を打ちおろします。

「えいえい」と高いかわいい声をあげながら、ねずみのようなものは薪を乱暴に扱います。靄は次第に濃さを増し、ねずみのようなものに打ちすえられるたびに、その濃い部分がますます濃さを強めるのでした。

やがて靄はひとつの形をとりはじめました。小さな耳、細い前足と前足よりは少し頑丈そうなうしろ足、長くまるまったしっぽ。それはねずみのようなものとそっくりの輪郭を持っていました。

「えい」と、本物のねずみのようなものは輪郭だけの靄ねずみを容赦なく打ちます。オトヒコくんは目を半分閉じるようにしてその様子をうかがっていました。

　ねずみのようなものがさんざん蹂躙してから、輪郭のねずみは四散しました。一度は濃くなった靄が、打擲のたびに薄くなり、最後には霧が晴れるように靄はなくなったのでした。

　オトヒコくんは嫌悪らしい表情を浮かべて、動きません。

「しないの、ぼうりょく」ねずみのようなものがまだ少し息を切らせたまま訊ねると、オトヒコくんは、

「しない」と答えました。

「それじゃぼうりょくはぼくのかち」

　言われて、オトヒコくんは一回だけ地面をどんと蹴りました。ものすごい音がして、地面からはさきほどの靄の残りかもしれないあいまいなものが埃のように浮き立ちました。オトヒコくんはそのあいまいなものをていねいにかき寄せて、小さな球に丸め、ふところに入れました。球はときおりオトヒコくんのふところの中で跳ねるようでした。服が球の形にふくらみ、揺れるのです。オトヒコくんはそういうとき服の上から球をぎゅうと握って静め、ゆっくりと撫でるのでした。撫でられて、球は「ぽぽぽ」というような音をかすかにたてます。

「ぼうりょくきらいなの」ねずみのようなものがオトヒコくんのふところを覗きながら言うと、オトヒコくんは球をぽぽぽぽぽ言わせながら、

「僕には暴力の動機がないからね」と答えました。

「どうきですするもんなの」

「するもんなのよ」オトヒコくんは言い、球をいったんふところからとり出したかと思うと、今度は袖の中にひょいとしまいました。

球は袖の中に入れられても「ぽぽぽ」という音を出しつづけていました。


三回目の勝負は『死ぬ』でした。

「しんでみるよ」ねずみのようなものは言うと、それなり地面に横たわって動かなくなりました。オトヒコくんは死んだねずみのようなものを眺めて、しばし考えこんでいましたが、踵をめぐらせてその場を去りました。

次の日にオトヒコくんがその場に戻ってくると、ねずみのようなものは、まだ死んでいました。二日めにも死んでいました。三日めにも四日めにも死んでいました。十日たっても一カ月たっても、ねずみのようなものは死んだままでした。

「勝負ありだから」とオトヒコくんが言っても、ねずみのようなものは死ぬことをやめませんでした。数年たっても、ねずみのようなものは死につづけ、いまだに死んでいるのです。

「オトヒコくんはそんなに頑固だったかなあ」私が言うと、姉は頭を傾けて、

「頑固だと思うよ」と答えた。

「勝負に負けたじゃない」

「負けたけどね」

負けたけど、そう言ってから、姉は少しほうけたような顔をした。それから、ふたたび語りはじめた。話はまだつづくのであった。


さて、オトヒコくんが頑固だということは聞いているかたにはよくわかっていただけたでしょうか。その頑固なオトヒコくんがある日恋をしたのです。それまでも数回ほど恋をしたことはあったのですが、このたびの恋はそれはそれは深い恋でした。今までにないほどに。ただしおおかたの人は恋するたびにこんどの恋こそがしんじつの恋であると思いこみがちなものでもあります、オトヒコくんの恋はいかがなものだったのでしょうか、それは誰にもわからぬことです。


オトヒコくんと恋人は、糸が縒（よ）りあわさるように寄りあいながら、日々睦（むつ）まじく暮らしました。

「あいしている」恋人が言うと、オトヒコくんは、

「あいしている」と答えました。

「あなたでいっぱいよ」恋人が言うと、オトヒコくんは、

「あなたでいっぱいだ」と答えました。

「もっともっと一緒でありたいの」恋人が言うと、オトヒコくんは、

「とてもとても一緒だよ」と答えました。

「まだ足りない」恋人が言うと、オトヒコくんはあやすような口調で、

「ほんとにいくらでも足りないね」と言いましたが、恋人が、

「まだまだまだ」とつづけると、眉をひそめました。

「こんなに一緒じゃない」オトヒコくんは、やさしく言います。けれど恋人は、

「まだまだまだ」と言いつのるのでした。

「これでも満足できないの」オトヒコくんが恋人を胸に抱き寄せて静かに接吻しても、恋人は、

「まだまだまだまだ」をやめません。

「どうすればいいの」オトヒコくんはため息混じりで聞きました。

「わからない」恋人は半分泣きそうになりながら答えます。

「結婚するのなんかどう」オトヒコくんが訊ねると、恋人は、

「それでもまだまだ」と答えました。

「子供生んで遺伝子まぜるとか」

「まだまだ」

「心中とか」

「死んだらぜんぜんだめ」

オトヒコくんは困り果てた顔で恋人を眺めました。つくづくと眺めました。恋人の顔はほんのり桃色でたいそうすこやかそうでした。

まだまだ、と言いながらも月日は流れ、オトヒコくんとその恋人が恋に落ちてから一年が過ぎました。オトヒコくんと恋人は、蠟燭を立て、ささやかなものを贈りあい、火の灯った蠟燭越しに接吻を交わし、豊穣やら継続やら安泰やらを祝いました。

「ますますあなたがすきです」恋人は言いました。オトヒコくんは、

「ますますあなたがすき」と答えます。

「でも」恋人は言いました。

「まだ足りない」恋人はふたたび言ったのです。オトヒコくんはずいぶん不安そうな顔になりました。

「まだまだまだまだ」恋人は言いながら、蠟燭を吹き消しました。肉を切りわけ酒をつぎま

した。肉の骨までをきれいにしゃぶり、骨を紙でくるみ、紙を皿の上に積みあげました。その積みあがりを見おろしながら、「まだまだまだまだ」と言いつづけました。

壊れた機械のように、「まだまだまだ」は止まらないのでした。

夜が更け、オトヒコくんと並んで床についても、恋人は低い声で「まだ」とつぶやいています。その日最後の「まだ」が消えて、恋人が眠りについたことを確かめると、オトヒコくんはそっと恋人に毛布をかけ、恋人の頭をさすりました。さすられて、恋人は小さく「ま」と言いました。夢の中でも「まだ」はつづいているのでしょうか。

翌朝恋人が目覚めると、オトヒコくんは半透明の膜のようなものに包まれていました。頭から足の先までをすっぽりと厚さ数センチの膜に覆われて、オトヒコくんは静かに寝息をたてていました。恋人は驚いて膜をつついたり破ろうとしてみたりしましたが、びくともしません。

膜は、オトヒコくんをくまなく包み、その中でオトヒコくんはしんと息づいています。どうやらオトヒコくんは膜の中で休眠を始めてしまったようなのでした。

姉はここまで語ると、ぴったりと口をつぐんだ。しばらく待つも、言葉は発せられない。

「それでおしまい?」聞くと、

「おしまい。どんとはらいどんとはらい」と答える。それきり何も言おうとしない。

嵐は弱まらず吹きつづけ、ときおり壁が大きく鳴った。

「今日、泊まってってもいいかな」言うと、姉は黙ったままこっくりした。

「オトヒコさん、眠ったのかな」言うと、姉は黙ったままこっくりした。

「あの、しあわせ?」言うと、姉は黙ったままこっくりした。

「オトヒコさん、今ごろ休眠してるかな」冗談のつもりで言うと、姉はやはり黙ったままこっくりした。それから、ようやく口を開き、

「休眠してるのよ、オトヒコさん。ほんとに。こないだから」と早口で言った。

言ってから姉は大きく目を見開いて、

「いやあの、たとえじゃなくて、ほんとに。休眠」と重ねた。

「だって、さっき会ったじゃないの」と返す私に向かって、

「いやいや、あれはほんものじゃないの、じつは。見る、マリエちゃん」と言いながら私の手を引いて廊下を歩き、雨風の激しい音の中オトヒコさんの部屋らしき扉を開けはなった。

オトヒコさんは、半透明の膜に包まれて、すうすうと寝息をたてていた。

9

なめらかな、あわあわとした膜だった。

「ユリエちゃん、あの」言うと、姉は半透明の膜をそっとさわりながら、

「っていうこと」とつぶやいた。

っていうこと、などと言われても、困る。

「オトヒコさんいたじゃないの」あわてて言うが、姉は首を横に振った。

「あれはほんものじゃないの」

「えっ」

「あれはね、影みたいなものなの」

嵐はますますひどくなって、姉はますます膜を撫でる。さわってもいい？　と聞いてから、私も膜に触れてみた。少しだけぬるぬるしている。でも手には何もついてこない。糸を引い

たりはしない。

「いつから」聞くと、姉は、

「一週間前から」と答えた。

「さっきのユリエちゃんの話のとおりなの？」

「いや、あれはお話だから。ちょっと違う、実際には」

一週間前、オトヒコさんは酔って帰った。酔って帰るのはいつものことで、酔って帰らない日は家でそののち酔う。酔って帰って、玄関で長くなっていた。長く床にのびたものを、姉は寝室まで引きずった。引きずりながら、オトヒコさんに膜が張りつつあることに気がついた。

廊下のところどころに、膜の破片が貼りついていた。光を反射して破片は輝いた。寝室の床にオトヒコさんを置いてから雑巾で廊下の破片を拭きとりにいったが、きれいに取れなかった。拭くのに夢中になって一瞬オトヒコさんのことを忘れたが、じきに思い出して、いやな気持ちになった。ぼろ布を寝台に敷き、仰臥（ぎょうが）させた。膜はそうしている間にも刻一刻と厚みを増し、その中にオトヒコさんはちんと横たわっている。揺すってみるが覚めない。

オトヒコさん、と甘い声で呼びかけてみても、覚めない。

オトヒコさん、次にはこわい声で呼びかけてみるが、やはり覚めない。

厚くなりつつある膜の中で、オトヒコさんは安らかに眠っているのであった。

「それでどうしたの」

「いやあそれが」姉は存外落ちついた声で答える。

「グラフ、見る?」そう言いながら、オトヒコさんの眠る寝台の下に作りつけになっている抽出しを開けた。抽出しには、ひらりと一枚の紙が置いてあった。

「ほら、呼吸」

紙を姉が広げると、そこにはグラフが書かれており、横軸には時間、縦軸には呼吸数がとってある。呼吸数六回/分が、えんえんと続き、グラフは横にまっすぐな線を描いていた。朝六時昼十二時夕方六時夜十二時の四回ぶんが毎日きちんきちんと計られている。

「ずいぶん少ないね」

「毎分吸って吐いて六回、なかなか静かなオトヒコさんだわね」

姉は、膜に包まれたオトヒコさんに身を寄せて、膜越しのオトヒコさんの頬に頬を重ねた。何回か頬をすりつけ、それから膜ごとオトヒコさんを抱きしめた。

グラフを書くことは、オトヒコさんの休眠開始から数日後に思いついた。あんまり気持ちよさそうに眠っているので、憎くなって数えてみた。罵倒(ばとう)しながら数えてみた。何回計っても正確に六回なので、罵倒するのをやめにしてほうと感心してみた。感心してから、かなしくなった。

かなしくなってオトヒコさんの横に座ってしくしく泣いているうちに、暮らしはじめてからオトヒコさんと交わした会話を姉はどんどん思い出した。

「君は山の上の火で暖まることのできたあの少年みたいだね」とオトヒコさんが言ったことがあった。

その少年は、寒夜に着物を碌につけず火による暖もとらず風の吹きすさぶ山頂で一夜を明かすことができるかどうかという賭を行ったのである。少年は一夜を耐えた、着物もつけず暖もとらず、ただしもう一つ向こうの山の頂上に火をたいてもらいその火を見つめ暖かさを想像することによってしのいだのであった。オトヒコさんはその少年に姉をなぞらえたのである。

「なんなのそれは」姉が聞くと、

「いやね、ほんとうは暖かくないのに暖かさを感じるっていうのが」オトヒコさんは答えた。

「え」

「向こうの山頂の火は向こうの火なんだから結局は」

「でもよるべないときには向こうの火でもずいぶん嬉しいのじゃないかしら」

「よるべないときはね。君はそれで、よるべないっていうわけなの？」

姉は、姉の話の中の『恋人』のごとく、「まだまだまだまだ」と言い言いしていたのだろうか。共に暮らしても、わたしを好きなの、わたしをどのくらい好きなの、いつからわたしを好きだったの、いつからわたしをいちばん好きになったの、いつまでわたしを好きなの、いつまでわたしをいちばん好きなの、と言い言いしたのだろうか。

オトヒコさんはいちいち答えたものだったのかもしれない。君が好きだよ。僕の今までの一生にあらわれたどんな鮫よりもどんなメタセコイアよりもどんな揚子江の流れよりも富士にかかるどんな笠雲よりも君のことが好きだよ。会ったその瞬間から好きだったろうかいやいやそうではなかったそんなに簡単なものではなかった会うごとに少しずつ匍匐前進するように好きになっていったのだった。君が好きになってくれるに従って僕も好きになったのだった。すると君はますます好きになり僕もますます好きになったのだった。いちばん好きになったのは、しかしその前に君のことをいちばん好きになる以前にいちばん好きだったもののことを思わねばならぬ。むろん自分のことがいちばん好きということは基調であるにしろ、たとえばはでやかなよく笑うしなしなとした何人かの女の子だの長い間かかって集めた珍重されるべき切手の数々だの味わうために日ののぼっている間ほとんど何も口にせずに日が落ちてしばらくするとゆっくり口にふくむ酒だの。しかし何がいちばん好きかと問われると僕は口ごもる。君のことだとていちばん好きなのかそうでないのか。いちばんなどと順位づけするのもおかしな話であるが君が言ってもらいたいのはそんな理路整然のことではないこともわかるので僕は君がいちばん好きです。いつからいちばん好きになったかというと、大昔からいちばん好きだったのです。いつまでというなら永遠にであり永遠にいちばん君のことが好きなのです。永遠に、永遠に、永遠という言葉はたいそうこわい言葉だね、僕は気分がすぐれなくなりそうだ、永遠えいえんえいえん。

オトヒコさんはひどく白目がちな表情で、えいえん、と繰りかえしたのかもしれない。そのあとではなかったか、君は暖かさなどみじんもない遠い遠い火を見つめて満足する人間なのであるねと言ったのは。遠い火とは何なのであろう。

オトヒコさんとの会話はどんどんよみがえる。

「皮の儀式っていうのがね」あるときオトヒコさんは言った。

「皮の儀式？」

「そう、皮の儀式。皮を捧げるんだよ」

「皮って、何の皮」

「ひらきにした魚を焼くでしょ。表面が固くほどよく焼ける、焼けたその表面をひらりと剥がすと、背骨全体と表面のほどよく焼けた身が一緒にとれる、それを皮って言う」

「じゃ、ほんらいの魚の皮じゃないのね」

「そう。身だけれどね、皮って言うことにする」

「その皮で何の儀式？」

「いちばんおいしい部分だからね、捧げるんだ、最愛の人に」

「最愛」

「最愛。それが愛のしるし、開きの魚を食べるときにはいつでもそうする」

「捧げられて、最愛の人はどうするの」

「食べる」

「捧げられた人は捧げ返すの？」

「そうすることもある、自分にとって相手が最愛だったら」

「円満ね」

「まあね」

「まあね？」

「なかなか両者均等に皮が捧げられあうことは難しい」

難しいと言いながら、オトヒコさんと姉は皮を捧げあったのだろうか。背骨のまわりにある身をぴりりと剥がし捧げあったのだろうか。

「呼吸がしにくくなることがある」とオトヒコさんが言ったこともあった。

「呼吸って」

「一般にいう呼吸」

「病気？」

「少し病気かもしれない」

「病院行くような病気？」

「病院ではなおらない病気」

「どういうとき呼吸しにくくなるの」

「言えない」

　言えない、と答えてから、オトヒコさんは姉に接吻をした。しかし接吻はありきたりな接吻だったことだろう。ありきたりな接吻でない接吻をいつも姉は望んでいたのかもしれない。いつもいつも望んでいたのかもしれない。オトヒコさんはどうして呼吸しにくくなる訳を言えなかったのだろう。姉がありきたりでない接吻を常に望むような人間だったからだろうか。呼吸がしにくくなるとオトヒコさんは一人で部屋にとじこもった。例の白目がちの顔になって一人部屋にとじこもった。姉が部屋の扉をほとほと叩きごはんよおふろよでんわよわたしよと願うように小さく話しかけても、うわの空で宙を見つめていた。

膜の中のオトヒコさんは、ときどきふるえる、と姉は語った。夜明けがたに地震かと思って目覚めると、半透明の膜の中でオトヒコさんが振動していることがある。しばらく見ていると、大きく揺らしたおもりつきの紐が自然に振れ幅を小さくして最後には停止するように、ふるえも自然に治まっていく。何がかなしゅうてふるえるのか、ただの生理現象なのか、ことを伝えんがためにふるえるのかと、姉は膜ごとオトヒコさんを抱きしめるのである。かすかなぬくみを感じながら、姉は暗い中で涙を流す。オトヒコさんなぜ休眠なぞしてしまったの、そんなにあたしとの暮らしは苦しいものだったの、そう思いながら、さんざん涙を流す。膜つきのオトヒコさんにかぶさって、姉はかなしくつらく涙を流すのである。あんなにあたしたちあっていたのに、心もからだも頭も。でもそう思っていたのはあたしだけだったのかもしれない。オトヒコさんはあたしの知らないところで何かに対する違和感をつぎつぎに強めながら、休眠へとひた進んでいたのかもしれない。姉の流す涙は、膜にはじかれて敷布にしみこみ、敷布はしとどに濡れた。

「でも」私は聞いた。

「オトヒコさん、好きで休眠してるの」

「好きでしてるの」姉は即座に答え、かなしくてつらくてあたしは、などと語っているにもかかわらずあんがいよい顔色で自信ありげに頷いた。

「どうしてわかる」

「だってオトヒコさんの影みたいなあれがそう言う」

「ああ、影」

さきほど嵐の夜の中で姉と私と共にばばぬきをした、オトヒコさんの影のようなもの。その影がオトヒコさんの消息を伝えると、姉は言う。

「影、よく話するの」

「そう」

「よくする」

「そう。オトヒコさんよりもずっとよく話す」

姉によると、影みたいなものは、オトヒコさんになりかわってぺらぺらと喋るのであった。僕はただいま眠っているところである。眠っているとこれがなかなか気分がいい。膜の中はあたたかく、指先やら顎先やら足先やらが、とろりと溶けていくような心もちになる。とろりと溶けてはまた固まり、ふたたび溶けてはふたたび固まる、それが繰りかえされ、からだの先端部は元のかたちと違うものになってしまう。手の先は鳩の頭に、顎先は急須の注ぎ口に、足先は植物の蔓に、次第次第に姿を変えていったりする。ほんらいの僕は膜の中で細部を変化させながら、なんだかわからないものになってゆく。なんだかわからないものは、面白い。今はなんだかわからないものだが、じきに何よりもよく知っているものに変わるような気がする。

ところでユリエはどうして僕のことが好きになったのか。いつもどのくらい僕がユリエを好きなのかを聞くばかりで、自分のほうはどうなのかを話そうとしてはくれなかった。ユリエはほんとうに僕のことが好きなのか。思い違いじゃないのか。影みたいなものは、姉が自分で食べるために作った食事を、ことわりもせずにむしゃむしゃ食べながら、矢継ぎ早に質問した。

あたしがオトヒコさんを好きになったのは、オトヒコさんがチャーミングだからだわ。自分じゃ気がついていないかもしれないけれど、オトヒコさんはチャーミングです。どこがチャーミングって、オトヒコさんの見ている世界が普通の人の見ている世界とちょっとずれているらしいところがです。オトヒコさんあたしはほんとにほんとにあなたのことが好きなんです。好きですと言ったとたんにわっと泣き伏してしまうくらい好きなんです。それをあなたは知っていますか。

姉は一息で質問に答え、影のようなものはじっと耳を傾けていた。ユリエは、と影は言った、姉の言葉のあとに。ユリエはでも自分のことばかり好きなように見えたよ。僕のことを好きだ好きだと言いながら、好きだ好きだと言えば言うほど、ユリエは自分の掘った穴に沈んでいくように見えたよ。その穴の中には永遠につづく螺旋階段があって、どこまで下っていっても尽きない、永遠のというくらいなのだから。永遠という言葉を言ったので、僕はまた気分がすぐれなくなった。永遠など豚に食われてしまえばいい。豚でなければ馬でもいい。馬でなければ驢馬でもいい。驢馬でなければうさぎでもいい。うさぎはかわいい、昔僕が愛したうさぎがいたことを知ってますか。

そういえばこないだあなたのうさぎの話をしてくれたのは、あなただったかしら、それともあなたの影みたいなものだったかしら、あら、この場合のあなたというのは膜の中のオトヒコさんなのかしらそれとも今あたしの前にいる影のようなものであるあなたなのかしら、わからなくなってきてしまいました、あたしは自分のことも好きだけれど、それでもやっぱりあなたであるオトヒコさんのことがしんから好きなのだと思います、好きなのだと思います、だと思います、と思います、思います、思います、思います。

オトヒコさんはあいかわらず膜の中で一分間六回の寝息を規則正しく行っている。風は少し静まってきたのか、扉や窓に当たるときの激しい音はしなくなっていた。かわりに、雨の音が聞こえる。

姉はそれからも何回かオトヒコさんを膜越しに抱きしめ、そのたびにオトヒコさんがふるえるのと同じようにふるふると姉もふるえた。影のようなものの言うことなんて、あてにはならないじゃないの、そう姉に言おうと思うのだが、なぜとはなしに、言えなかった。雨の音が少し強くなった。雨は姉とオトヒコさんの住む部屋に叩きつけられる。その中でオトヒコさんはいぜんとして膜に包まれているのであった。

姉のことが気がかりだったしミドリ子のことも気がかりだったが、日はどんどんと過ぎた。ミドリ子は一時よりも頻繁に学校に来るようになっていた。その後の鈴本鈴郎の動静についで聞くと、

「近づかないでって言いました」と答えた。

「それで」

「近づかなくなりました」

「よかったじゃないの」

「でもしばらくしたらまた近づいてくるの」

そう言いながら、ミドリ子は少し笑った。

「そんなので、いいの」聞くと、ミドリ子は頭をゆるく振りながら、
「まあいい」と答える。まあいい、の中に、まあよくない、が含まれているのかと思ってミドリ子をじっと観察するが、どうなのかさっぱりわからない。ミドリ子の言葉は、例によってあらゆる内容を含んでいるようにも思えたし、何も含んでいないようにも思えた。
「せんせい、こないだ机の整理してたら、小学校のときの漢字のテストが出てきた」
考えあぐねていると、ミドリ子は唐突にそんなことを言う。
「おもしろかったです」
「なにが」聞くと、
「あのね」と始める。
「暗い夜
銀色の世界
美しい声
短所を直す
ごま油を買う
歌って歩く
小屋を作る

幸せになる」

ミドリ子はとなえた。

「そういう書き取りでした」

「え」

ごまあぶらをかう、うたってあるく、こやをつくる、しあわせになる、ミドリ子はささやくように繰りかえした。ささやきながら、

「せんせいまたね」と言って、スカートをひらめかせて去っていってしまう。

いっぽうの姉は、電話すると常にてきぱきとしている。必要以上にてきぱきしてみせているのか実際にてきぱきしているだけなのか、これもはかれない。昼間はいつも大学に行っている様子で、夜遅くならないと家にいない。ときどき電話にはオトヒコさんが出たが、どうやらそれは『オトヒコさんの影のようなもの』らしい。こんにちは、と言うと、たいがい長話が始まる。どの話も十分以上は続くので、始まる前に早々に切るようにしていた。ユリエちゃんが帰ってくるころにまた電話します、そう言うと、それは残念ほんとに残念、とオトヒコさんの影のようなものはふかぶかとため息をつく。ため息を聞きながら電話を切るのは何か釈然としなかった。ミドリ子のことも姉のことも、もともとが釈然としない話なのである。小屋をつくる、幸せになる、それで終わってもいい話のはずなのに、二人ともぜんぜん

違う方角に引っ張られている。小屋を作る、幸せになる、の次に、最初の、暗い夜、が戻ってきてしまっている。

ごま油を買う、あたりでどうにか手を打てないものかと二人のことを思案する間に、日はどんどん過ぎていく。

その日、私はひさしぶりに紅郎と一緒に公園を歩いていた。公園はもういい、とふだんならば紅郎は言う。商売はたいがい公園。だから、違うところを歩く。そう言いながら紅郎は街の細い路地やら建物の屋上やら墓地やら、紅郎の商売とできるだけ無関係な場所を歩くことが多かった。だから、公園に行こうと誘われて、驚いた。公園で、紅郎は鳩に餌をやったりなんかした。池の鯉にも餌をやった。公園の中にある小さな動物園の山羊や猿にも餌をやりたそうにしていたが、檻に『餌をやらないでください』とあるのを見て、たいそう残念がった。そのまま紅郎は動物園の隣の遊具のある一角に行き、硬貨を入れると動く乗物に乗った。私にも硬貨を渡すので、二人してぶるぶるふるえる乗物、小さな新幹線と小さな象、に乗った。子供が、小さな新幹線に乗りたいらしく、またがる紅郎をじっと見ていたが、紅郎は三回連続で硬貨を投入し、ゆずらなかった。子供が行ってしまうと、紅郎はすぐに新幹線から降りた。

「いじわる」と言うと、うふふ、と紅郎は笑った。

「意地になった」そう答えて、また笑った。紅郎の笑いかたはミドリ子の笑いかたによく似ている。顔はあまり似ていないのに、笑うと同じような印象になる。

「甘酒飲もう」と紅郎は言って、売店に向かって大股で歩いた。あとをあわてて追った。いつも紅郎がしなさそうなことばかり、その日の紅郎はしていた。甘酒を飲む紅郎というのは、なかなか想像しがたい。しかし実際に甘酒を飲んでいる紅郎を見ると、ぴったりとはまっていて、それが不思議だった。

「あまい」私が言うと、

「甘いもんだからね」と紅郎は答えた。

「夏なのに甘酒なのね」

「甘酒は夏のものでしょ」

まだミドリ子が幼稚園くらいだったころ、と紅郎は言った。ミドリ子が幼稚園児で紅郎が中学生だったころに、家族で海水浴に行ったのだという。波が高く、泳いでいるひとはほんの少しだった。父母は海の家で座って話をしていた。海に入ろうとはしなかった。ミドリ子は泳げなかったので、海には入らずしかし浮輪はつけたまま、浜で砂山をつくっていた。紅郎はほんの少し沖に出た場所を、陸と並行に、右から左左から右へと繰りかえし泳いでいた。のしで泳いだ。左耳を下にして掻いたので、陸から向かって右に泳ぐときには陸が見えたし、向かって左に泳ぐときには水平線が見えた。何回めかに陸を見ながら泳いでいるときに、高波が来た。波はミドリ子が山をつくっているあたりまで達し、山とミドリ子は見る間に波にもっていかれた。ミドリ子と山が波にさらわれる直前に紅郎も波の中に沈み、沈みながらどうやって全部のことが見えたのかは今になって考えても不明なのだが、一瞬時間の流れが遅くなったように感じられ、ミドリ子が口を「お」の字に開けながら浮輪ごと波にひきずられ山がつくられたのと反対の動きで崩れていく様子が、克明に俯瞰(ふかん)された。

「おにいちゃん」とそのときミドリ子は言いかけたにちがいなかった。

「ミドリ子」と紅郎は波の中で答え、数秒後に波の上に出た紅郎が顔をあげると、すぐ横にミドリ子が浮輪に入って浮いていた。

こわがるふうもなく、ミドリ子は紅郎に手を振り、その次の瞬間にはミドリ子はさらに沖に流された。波の動きによってそれほどかんたんに人間がさらわれるのかどうか、しかしミドリ子は沖にいる何かに引っ張られるようにして、浮輪をつけたまま沖へ沖へと連れていかれる。沖へと引っ張られていくのに、ミドリ子はそれでも嬉しそうにしていた。紅郎は同じ場所で立ち泳ぎしたまましばらく茫然としていたが、気がついてあわててミドリ子を追った。

いくら追ってもミドリ子にはなかなか追いつけなかった。ようやく追いついたのは三十分ほどもたったころだったか、それとも実際の時間よりもそれは長く感じられただけなのか、ミドリ子は嬉しそうにしたまま浮輪のふちに手をまわし、波の上にぷかりと浮いていた。

「よかった」紅郎が浮輪につかまりながら言うと、ミドリ子は、

「きっと来てくれると思ってたのよ」と、大人のような声で言ったのだという。

それから二人で陸に帰り、海の家で何も気がつかずにいた両親のところに戻って甘酒を飲んだ。沖に流されたことは、紅郎も言わなかったしミドリ子も口にしなかった。甘酒は甘くてからだにしみこむようだった。

紅郎は語り終えると、喉を鳴らして甘酒の残りを飲みほした。

「やっぱりあまい」と私が言うと、

「それじゃ俺が飲む」と言って、私が返事をする前に紙コップをとりあげ、ぐいぐいと飲みほした。

「飲まないなんて言ってないのに」下を向くと、

「今日は暑いね」と関係のない返事をした。

七夕が近いので、公園の入口には大きな笹が飾ってあった。金や銀や赤や黄の飾りがされ、墨書された願い事の短冊(たんざく)が多く下げられてあった。

「紅郎はなに願う」しばらく二人で黙っていたあとに、聞いてみた。

「商売繁盛ですかねえ、やっぱり」紅郎は鷹揚に答えた。

「それに家内安全健康第一でしょう、ここはひとつ」私も言った。

「マリエは」

「私は」

言いかけて、自分が何をいちばん願いたいのかわからないことに気がついた。考えているうちに、先日ミドリ子がとなえていた『ごま油を買う、歌って歩く、小屋を作る、幸せになる』という漢字テストの言葉を思い出した。

「小屋を作る」

今の自分の気分にいちばん近い言葉を選ぶならば、この言葉だった。ごま油を買う、も、歌って歩く、も、遠い言葉であるように思われた。ほんとうは、幸せになる、がいちばんいいのに、言えなかった。隣にいる紅郎が、遠いひとのように感じられた。うらむ、やら、そねむ、やら、きらう、というものの混じった感情ではなく、ただたんに遠いひとのように感じられた。七夕で年に一回会う牽牛と織女はもしかしたらこのような感じをお互いにもっているのかもしれない。そうでなければ年に一回しか会わなくて平気でいられるはずがない。紅郎が遠かった。沖に流されてそれきり帰ってこなさそうな感じで、遠かった。

「小屋ね」と紅郎は笑った。

「南の島の小屋なんか、いいね」そう言って、紅郎は笑っていた。

「南はいいです」私も答えて、下を向いた。

しばらく誰やらの書いた短冊を眺めてから、手をつないで紅郎の部屋に帰った。部屋には、このごろいつもある気配がひそやかに漂っていた。気配は、ミドリ子のものにちがいなかった。ミドリ子の意味のわからぬ涙や甘い声音や紅郎への強いまなざしが、細かな粒子として残泳しているのにちがいなかった。この数カ月、ミドリ子とこの部屋で会ったことは一回もなかったが、紅郎の部屋におけるミドリ子の気配は日に日に強まるばかりなのである。

10

ミドリ子の様子がおかしいので訊ねたいという電話をチダさんから受けたのは、紅郎と公園を歩いてから七日めだった。梅雨があがり、姉はあいかわらずオトヒコさんの呼吸を毎日記録していた。母にはオトヒコさんの異常については報告できなかった。もしも言う必要があるのなら、姉自身が言うだろうと思われた。

チダさんは大鳩女子高校の職員室に電話してきた。

「おかしいとは、どこがですか」聞くと、チダさんはゆるりとした口調で、

「目玉がやたらに動く」と答える。

「めだま」

「そう目玉」

セックスを行う最中のことなのだとチダさんはゆるゆる語った。閉じた目というものが普

通だとしたら、ミドリ子の目は閉じたり開いたりする目である。これとて普通という範疇に入るだろう。ところがあるときからそれが開いたなりの目になり、そのうえ目玉がやたらに動くのだという。左に右に動くだけならば我慢もしようが、左右天地自在に動き回転するのだという。

「そのあいだ、からだは」聞くと、

「そちらはまっとう」との答えである。

学校では変わらずうしろ向きに授業を受けるので、目玉は見えない。そういえば最近一週間ほどはいちにちも休まずにきちんきちんと出席していると思っていたのだが、目玉のことには思い至らなかった。

「最中にはずっとまわってるのですか、目玉」聞いてみた。

「ずっとですね、いまや」

「なに見てるんでしょう、まわりながら」

「本人はなにも見えてないって言ってました」

チダさんは小さなため息をつきながら、電話を切った。それでどうしましょう、最後に私は言ったのだが、チダさんは、ただ誰かに言っておきたかったもので、とだけ答えた。言ってどうなるというものでもないのですが。

チダさんのため息は、ミドリ子を疎んじてのため息ではなく、慕わしいがためのため息なのだろう。くるくるまわる目玉のミドリ子を、チダさんは今も二万円で購(あがな)っているのだろうかと思い、わたしもため息をついた。

チダさんから電話があった翌日ミドリ子とすれ違った。あいかわらずひらひらと歩いている。

「最近、どう」聞いてみた。

「目玉はまわるし、すずもとは去らないし、碌なことないです」

碌なことがないと言いながら、ミドリ子は頬の色あかるく、みずみずしくまなこ漲(みなぎ)っている。

紅郎の部屋にはいつも行くの、と聞きそうになるのを我慢するのは骨だった。しかし我慢して、かわりに、

「でも元気そうじゃない」と言ってみた。

「そうなんです、なんだか元気」

ミドリ子は嬉しそうに答え、くるりとつま先でまわった。スカートが円盤のように広がる。甘い匂いがただよった。

「あのね、せんせい、わたしすずもとと対決するかも」

「対決？」

驚いて繰りかえすと、ミドリ子はもう一度、

「対決するかも」と言った。

「そのときにはせんせいも来てね」

来てね、と言いながら、ミドリ子はいつものようにひらひら身をひるがえして歩いていってしまった。残されて、何がなんだかわからぬまま立っていた。

対決？　たいけつ、という言葉の持つこどもこどもした雰囲気が、ミドリ子の甘い口調とあいまって、何かこの世のものではない印象を引き寄せていた。この世の場所ではないところで、この世のものとはことなる『対決』をミドリ子と鈴本鈴郎は行うのだろうか。そんなところには居合わせたくない。そんなところに行ったなら、二度と帰ってこられなくなってしまうかもしれない。よし帰ってこられたとしても、この世は帰ってくる以前のこの世とは違うものになっているかもしれない。

紅郎が恋しい、と一瞬強く思った。紅郎に会って、何も考えずに抱きしめられたかった。けれども紅郎に会うためには、紅郎の部屋に行かねばならず、紅郎の部屋には、この世とこの世でないところを結ぶところのものであるミドリ子のかもしだす空気が、濃密にただよっているのだ。難儀なことであった。

よかったら遊びに来てください、というチダさんからの招待状が届いた。

みんなで食事をしましょう。

招待状にはそう書いてあった。招待状を紅郎に見せながら、私は紅郎の手に自分の手をそっと重ねた。紅郎とは、紅郎の部屋で会うことが少なくなっていた。ミドリ子の残していく空気が私をこわがらせていることを私はけして口にはしなかったのだが、紅郎は気がついているようだった。部屋に行かなくなると、いだきあうこともなくなる。ものかげで、すばやく接吻を交わすことはあったが、からだの輪郭がなくなってお互いが混じりあっていくような、あのやすらかな時間を持つことは、久しくなくなっていた。

「みんなって、誰かな」

「さあ。みんなはみんなじゃないの」私は答えた。

紅郎はじっと招待状を眺めた。紅郎のことが好きだ、と思った。このごろ瞬間的にそのように思うことが多かった。紅郎が目の前にいるときに思う場合もあったし、まったく関係のないとき、授業で漢詩か何かを朗読しているときや家への帰り道ふと石を蹴ったとき、などに思う場合もあった。いつでもその瞬間はあざやかで、しかし過ぎるのも早かった。次の瞬間には、紅郎を強く想起したその気持ちがほんとうにあったことなのかどうか、わからなくなる。

「チダさんが料理つくるのかなあ」紅郎は聞いた。

「チダさん、料理じょうずよ」

「ふうん」

「紅郎は、そういえばお料理あまりしないね」

「そうでもない、一人でいるときはけっこうする」

いつか食べさせて、と言いかけて、私は黙った。いつか、という言葉は、こわい。ミドリ子のかおりのする空気が漂う紅郎の部屋と同じくらい、こわい。

招待状に書いてあった日が来て、私は紅郎と花を選んだ。ずいぶん前に姉がカレーの材料を持ってチダさんの家を訪ねたことを思い出しながら、花を選んだ。花や菓子など恥ずかしくてみやげには持ってゆけぬ、そう姉は言ったものだったが、紅郎と私はためらいもなく花を選んでいた。黄色い花束にしよう、と紅郎が言い、二人で黄色い薔薇はいいが黄色いカーネーションは困るね、黄水仙が好きだけれどこの季節にはないね、などと話しあいながら、あれこれ注文をつけた。二人で仲よさげにしているときには、紅郎を強く想起することがないのだ。二人でいるのに二人でいるようには思えないときや一人でいるときにだけ、私は紅郎を強く想起するのであった。

チダさんの家に着くと、すぐに奥の間に通され、奥の間にはミドリ子が座っていた。窓辺に、端然とミドリ子は座っていた。

「ミドリ子」紅郎が柔らかな声で呼びかけた。紅郎の声は深くやさしい。こんな声で話されたことが、私はあったろうか。

「ミドリ子」もう一度紅郎が言い、するとミドリ子はこちらに顔を向けた。

「あ、おにいちゃん」ミドリ子はくちびるをひらきながら言った。ミドリ子の声もびろうどのように深い。こんな声も聞いたことがなかった。

紅郎とミドリ子はしばらく見つめあっていた。私は息をつめるようにして二人の横に立っていた。チダさんはその私を、何を考えているかわからぬいつもの表情で眺めている。

外は雨だった。しめやかに降る雨が水たまりをつくって、水たまりからは一筋の流れが小さく始まり、やがて流れはどこかにあるさらに大きな流れに連なるまで地面を静かに伝っていくのにちがいなかった。雨はしとしとと降りつづけていた。

「今日はほかには誰か?」紅郎はチダさんに向きなおって聞いた。

「居間に、もう一人」チダさんはひっそりと答えた。チダさんはいつもにも増して色が薄い。降る雨に混じってどこかに流れていってしまいそうに見えた。

紅郎がミドリ子の肩に一回手を置き、それからチダさんに従って一同は居間にみちびかれた。ミドリ子は紅郎のうしろについて、紅郎の背をぼうと眺めている。私はといえば、何も眺めたくないので、電気の笠か何かをじろじろ見ていた。

居間には鈴本鈴郎がいた。

鈴本鈴郎だと紹介される前に、それが鈴本鈴郎だということが、私にはわかった。鈴本鈴郎は、足を持てあますようにして肘かけつきの椅子に浅く腰かけていた。チダさんにつづいて紅郎が部屋に入っていくと、ぎくしゃくと頭を向けた。

「ああ」鈴本鈴郎は、意味なくみたいに頷いて――しかし意味はあるのかもしれない――、立ち上がった。紅郎よりも頭一つ大きい。私よりも頭二つ半大きい、チダさんよりは頭半分大きい。

「おひさしぶり」鈴本鈴郎がこちらに近づいてきながら言った。ひやりとした声だった。

「何年ぶりかな」鈴本鈴郎は紅郎の目を見ながら、そっけなく言った。

「昔よりも無口じゃなくなったね」紅郎も負けずに鈴本鈴郎の頭からつま先までをじろじろ見ながら答える。じろじろ見るのは、紅郎にはごく珍しいことだった。

「おかげさまで」鈴本鈴郎はますますひややかな声で言った。ひややかだが、魅力のある声でもあった。いつか紅郎が言った、我慢しない正直な、というまさにその感じだった。

「今日はチダさんに招待されたの？」紅郎は聞いた。数十年間行方不明だったひとを眺めるような目つきで、まだじろじろ見ている。

「いや、ミドリ子に招待されました」

「ミドリ子」

そう言いながら、ほんとうにそう？　というふうに紅郎はミドリ子に向かって首をかしげた。ミドリ子が首を横に振った。

「違うみたいだよ」

「いいえ、ミドリ子が呼んだんです」鈴本鈴郎は断定した。

「ミドリ子をぼくは好きですし、ミドリ子もぼくを好きですよ。好きな人間を呼ぶことはごく自然なことでしょう」鈴本鈴郎は紅郎にかぶさるようにして言った。紅郎が頭一つぶんの距離を眺めあげる。きりりと眺めあげる。

二人は上と下から睨みあった。なぜこのように最初から緊迫するのか、よくわからなかった。わからないわからない、紅郎のふだんとちがう様子も鈴本鈴郎のひやひやもさっぱりわからない。

チダさんが口を開いた。

「とうふ」

のんびりとした口調で、と、う、ふ、とはっきり発音した。

え？　とチダさん以外の全員が一瞬口をあけはなった。

「とうふ好きですか、みなさん」

チダさんは聞いた。最初に紅郎がおそるおそるというふうに頷き、次に私が頷き、最後に鈴本鈴郎がかすかに頷いた。ミドリ子は動かなかった。

「そりゃあよかった。ミドリ子はもともととうふ大好きだし」

言うなり、チダさんは居間の隣にある台所に行き冷蔵庫を開き、四角い大きな容器をとり出した。容器の中には水が張られ、水を盛り上げるように乳白色のとうふがぎっしりと詰まっていた。

「ささ、よかったら手伝って」紅郎と私を、チダさんは台所に引っ張った。私には葱（ねぎ）を、紅郎には生姜（しょうが）を持たせて、切ったりおろしたりするよう指示した。それから鈴本鈴郎とミドリ子に、手を洗いうがいをしてくるように命じた。ゆるやかなチダさんの口調に引かれるように、鈴本鈴郎は洗面所への扉をあけ、ミドリ子もそれにつづいた。

「ちょっと」紅郎があとを追おうとすると、チダさんは口の中でふふふと笑いながら、紅郎の腕をつかんだ。

「まあまあそう心配せず」

つかむ力はずいぶん強いらしく、紅郎は動くことができないのだった。つかまれたまま、しかたなく紅郎は生姜をおろした。

「そのおろしがね、目立てしたばかりだから、いいでしょう」チダさんが言った。

紅郎は答えず、力まかせにざりざりと生姜をおろした。

「とうふは、好きかな」

もう一度チダさんに聞かれて、紅郎はますます生姜をおろした。紅郎の腹筋が硬くなっている。生姜をおろすときに腹筋が硬くなるなんて、知らなかった。知らなかったと思っている自分が妙にのんびりしていることが気になったが、ことさらにのんびりしようとしているのかもしれなかった。

「とうふ、ほんとは、まあまあくらいです」

紅郎は答え、同時に生姜を全部おろし終えた。おろされた生姜は、細かな根のようなものをはりつかせて、つやつやと輝いていた。鈴本鈴郎がミドリ子を連れて帰ってきた。ミドリ子はかぼそく小さく、こきざみに震えていた。それでいて、光のようなものを発散していた。真珠のようなオーロラのような光を発散していた。それはたいそうきれいな光だった。

「ミドリ子」チダさんが鷹揚に言った。

「ミドリ子」紅郎が緊張して言った。

鈴本鈴郎は、ひやひやとあいかわらず、ただ立っていた。よく見ると、鈴本鈴郎がミドリ子の手を握っている。

何かが紅郎や鈴本鈴郎からぴりぴりと伝わってきた。私はマキさんとアキラさんのことを思い出していた。マキさんがアキラさんのことをどのくらい愛していたかを思った。自分が世界から取り残されたような心もちだった。

するとチダさんがのびのびと言った。

「とうふ」

ああ、チダさんよ。

「とうふ、食べましょう、みんなで」

そう言うと、チダさんは小皿を配り、おのおのの皿に醬油をつぎ、さきほど私と紅郎が用意した葱や生姜を勧めた。

「とうふ、おいしいよ、ささ、座って座って」先生の口調で、チダさんが言った。言われて、全員が生徒のように、座った。

最初にとうふに箸を入れたのはチダさんで、大きな一片を箸でつかみ、小皿に取った。

「醬油も薬味も、つけなくたっておいしいよ」言いながら、チダさんは葱も生姜もたっぷりとうふの上にのせた。続いて紅郎が、私が、鈴本鈴郎が、最後にミドリ子が、それぞれとうふを小皿に取った。全員が無言でとうふを食んだ。鈴本鈴郎はいっぺんに二片を小皿にのせる。

「あ、おいしい」ミドリ子が小さく言った。

「ほんとだ」紅郎も言って、もう一片をつかんだ。

「これは僕が作りました」

頬を染めるようにしてチダさんが言った。以前私の家に来て、へんなエプロンをかけて凝った料理をしていたときのように、耳たぶを紅潮させている。

「とうふ作りにはこつがあります。教えましょうか」

紅郎は目をまるくした。ミドリ子は最初の一片をゆっくりと味わっていた。振りながらも、どんどんとうふを取っては食べる。ミドリ子は最初の一片をゆっくりと味わっていた。

「何ごとにも、こつというものはありまして。こつがわからないと、ものごとが逆回りしたりします。にがりがね、特別で」

特別で、と言ってから、チダさんはミドリ子に接吻しはじめた。紅郎がはじかれたように立ち上がる。鈴本鈴郎がひゅうとはえたように立ち上がる。

「こつですよ、これが」

さらに接吻する。ミドリ子は目を大きく開いたままだった。接吻が終わらない。紅郎がチダさんの頭をミドリ子から剝がそうとしたが、チダさんははりついたようになって、離れない。

そのうちに、ミドリ子の目玉が動きはじめた。最初は静かにそのうちにものすごい速さで、右に左に上に下に回転しはじめた。

「あ」と紅郎が言い、私が言い、鈴本鈴郎だけはあいかわらずはえた植物のように無言でひやひやと佇んでいる。

「それでは」

突然チダさんが接吻をやめて言った。鈴本鈴郎を自分のいた場所に押しこむようにした。鈴本鈴郎の顔をミドリ子に向けた。鈴本鈴郎は自然みたいにミドリ子に接吻した。紅郎がふたたび、

「あ」

と、身を切られるような声を出した。ミドリ子の目玉の回転は止まらなかった。

「それでは」

チダさんがもう一度言い、今度は紅郎の手を引いた。鈴本鈴郎をどかして、ただし鈴本鈴郎は簡単にはどかなかった、なかなかミドリ子から剝がれなかった、それをむりやりに剝がして、紅郎を位置につけた。位置につけられて、紅郎も自然に接吻した。

「あ」と言ったのは、今回は私だった。

ミドリ子の目玉の回転が止まったのである。止まって、ミドリ子は自分から顔をさし出した。紅郎はミドリ子をぎゅうと抱きしめ、多く接吻した。私は床に座りこんだ。座りこんで、二人を見ていた。ミドリ子は涙なんか流している。涙を流すべきなのは私なのではないか。けれども私はばかみたいに床にぺったりと座ったままであった。鈴本鈴郎が今までいちばんひやひやした空気を発散しているのが感じられる。チダさんはまだ耳を紅潮させたまま首をかしげている。ミドリ子は紅郎にもっと抱きつき、私はもっとかなしくなる。かなしくなるが、涙は出ない。出ないで、ぼうとしている。惚（こつ）としている。憤（ふん）としている。床に座って。

過ぎない時間なのかと思っていたが、チダさんが、

「さあさあもう接吻はおしまい」と言うと、あっけないくらい紅郎とミドリ子はかんたんに離れた。ミドリ子は涙を止め、紅郎は何ごともなかったように卓に戻った。私は床から立ち上がれなかった。

「あの」声が出ない。あの、と言うのに、五秒くらいかかった。

「あの。紅郎」

そこまで言って、言葉につまった。何を言っていいのか思いつかない。けれども何かを言

わずにはおられなかった。紅郎と私の目があった。親切そうな目だった。紅郎は、親切そうな誠実そうな目をしているのだった。そのような目はしてほしくなかった。けれども、親切そうに、すまなそうに、誠実に、紅郎は私を眺めるだけなのだった。

「紅郎」

もう一度言った。

「マリエ」

紅郎が答えた。マリエ、という声の中には、何の感情も含まれていなかった。よその人の名前を言うような声だった。ひやひやしたものが私の中にこみあげてくる。鈴本鈴郎の発散するひやひやしたものの千倍くらいひやひやしたものが、私の中で私をこおりつかせた。

それでも、紅郎が好きだった。それでも紅郎に執着していた。

好きだの執着するだのいう気分がほんとうのところどんなものか思い出せないくらいひやひやしていたのに、遠いこだまを聞くように、好きだの執着するだの思っていた。

「紅郎」

さらに言った。

「マリエ」

紅郎は平坦に答えた。

「ミドリ子」

「せんせい」

ミドリ子の声には、紅郎と反対にあらゆる感情が含まれているように聞こえた。何も含まれていないのと、あらゆるものが含まれているのは、結果的には同じことなのではないかと思った。思いはしたが、まあどうでもそれはいいことだった。

「ミドリ子、これが、対決、なの」やけのような気分で聞いてみた。

ミドリ子はうなだれ、首を横に振った。

「なるほど対決ね」そこでチダさんがのんびりと言う。

「対決、いいじゃありませんか。とうふ食べながら、対決など、してみますか」

ミドリ子を覗きこむようにして、チダさんは言った。鈴本鈴郎は立ちつくしている。しとしとと雨が降っている。柔らかな親しげな雨の音だった。私はようやく床から立ち上がり、紅郎の隣に座った。紅郎のことを見ないようにして、しかし紅郎の気配は感じていたくて、隣に座った。マキさんとアキラさんのことがまた浮かんだ。すがるように、マキさんとアキラさんを思った。愛って、何なんでしょうか。マキさんとアキラさんを眺めながら紅郎に聞いたのは、いったいいつのことだったか。紅郎の気配が紅郎からやってくる。雨が柔らかくやさしく、降っている。

11

「ぼくがミドリ子に執着するのは、ミドリ子の匂いみたいなものに惹かれるからです」

鈴本鈴郎は歌うように語りはじめた。

紅郎ミドリ子チダさん私鈴本鈴郎は、ふたたびとうふに戻っていた。

「対決、いいですね」というチダさんの言葉を聞いて、鈴本鈴郎は語りはじめたのである。

チダさんが発する対決という言葉は、誰が発するよりもそらごとじみたものに感じられた。

鈴本鈴郎も卓に戻り、戻ったところで一同はふたたびとうふを食べはじめたのだった。

「やっぱりおいしいですよ、これ」

チダさんが満足そうに言った。誰も何も答えないのに、チダさんは、

「今日のは、特にできがいいな」などとつぶやいている。

しばらく五人でもくもくととうふを食べつづけた。

やがて鈴本鈴郎が口を開いたのだった。

「ミドリ子の匂いは、森の奥にある鉄道の停車場の金物の匂いに似ています」

それから、ひといきに、鈴本鈴郎は語ったのだ。


「ミドリ子の匂いは、森の奥にある鉄道の停車場の金物の匂いに似ています。停車場を囲むうっそうとした森のさらに奥にある香り高い樅の木の匂いに似ています。樅の木にとまる胸の赤いこまどりが運んでくる木の実の匂いに似ています。木の実の落ちる地面に敷かれた松葉の匂いに似ています。そういうもの全部の発散するなんともいえずうつくしい匂いが、ミドリ子からは香りたってくるのです。

ぼくはいつも夢を見るのです。森の奥の停車場の。

その停車場には黒く巨大な蒸気機関車が静かに停車しています。

夜が明けたばかりの時間に停車場に行くと、蒸気機関車が煙を吹いているのが見えます。

煙はけして風にあおられることなく、真上に吹き出します。

じゅうぶんに石炭の燃えさかった蒸気機関車は、やがて薄明の中をゆっくりと発車するのです。

長く汽笛が鳴らされ、その音は遠い遠い町まで届くことでしょう。

ゆうべの月がまだ空にかかっており、月は昼になっても落ちることがありません。それほど森の中は暗いのです。

梢を透かして射すわずかな光が、停車場をほの白く浮きたたせます。

蒸気機関車は発車し、線路が黒く輝きます。

白い駅舎の横には貨車と客車が何台か停まっていますが、いつになってもこれらの車輌は動きだしません。

永遠に蒸気機関車に曳かれることはありません。

朝まだきの駅から出ていった蒸気機関車はいちにち戻ることなく、停車場は蒸気機関車の発車したあとには沈黙に包まれるのです。

ときおり鳥の鳴き声が聞こえ、うっそうと茂った森のきわの羊歯やら蘇鉄やらが鳥のはばたきによって揺れることはあっても、音はすぐに沈黙の中にのみこまれます。

昼なお暗い空にかかる月は常に新月で、細いその姿は鉄塔の上に正確にかかっていて動くことがありません。

ぼくとミドリ子は、停車場の崩れかけた塀ぎわに立ち、いちにち無音の停車場を眺めているのです。

二人とも子供くらいの背丈で、顔も子供で、服は短く色濃いものです。

ぼくとミドリ子は手をつなぎあっています。

蒸気機関車が戻るそのときを待って。

真夜中にシグナルが点滅してぼうぼうという汽笛が聞こえてくるそのときを待って。

しかしぼくとミドリ子は蒸気機関車を迎えることができずに、必ず眠りに落ちてしまうのです。

崩れた蔦のからまる塀の陰で、折り重なるようにして、深く寝入ってしまうのです」

鈴本鈴郎が朗々と語るその話は、ひどくなつかしい感じを起こさせた。ミドリ子は、語る鈴本鈴郎に磁石でも入っているように、鈴本鈴郎のほうに引き寄せられていく。からだがななめに傾き、手や足が鈴本鈴郎に触れそうになっていく。

「行くな」

紅郎がミドリ子に向かって叫んだ。ミドリ子はぶるぶるからだをふるわせながら、飛び上がった。比喩的にではなく、少なくとも二センチは椅子から飛び上がったのを、私は見た。どうでもいいことなのだが。

「鈴本鈴郎のほうに行くのじゃないよ」

紅郎は言った。しかしミドリ子は見る間に鈴本鈴郎に寄っていく。

紅郎がミドリ子の両肩をつかんで揺すぶった。ミドリ子は紅郎の胸に顔をうずめた。顔をそむけたいのに、見たい気持ちが勝ってしまって一部始終を観察することになる。

ミドリ子は紅郎の胸の中で、あえかに呼吸していた。私は紅郎とミドリ子をまっすぐに見た。

鈴本鈴郎も私と同様に二人をまっすぐに見ていた。

さらに鈴本鈴郎は語った。

「その森の奥の停車場では。

停車場にはぼくはずいぶん昔から通っていました。

ミドリ子に会ったのは、おそらく小学校のなかごろのことでしょう。

夢の中で会うならば、現実の世界でも会うことになるのです。

停車場の塀に手をかけて立っているミドリ子と視線があってぼくとミドリ子がお互いに属しあっていることがわかってから数週間後に、ぼくはチダさんの絵画教室に通いはじめたのです」

属しあう？　紅郎が不満足な口調で言った。チダさんが、つづけて、と言ったので、鈴本鈴郎はつづける。

「ミドリ子も自分の夢の中の道を通って、停車場に来ていたのです。

ミドリ子の夢は森の夢でした。

ぼくの森とは少し異なる森。

青い幹の木が多くはえ、天上には強い光の太陽が照っている森です。

その森の奥深くの道でないような道を通って、ミドリ子はぼくの夢の中にやってきたのです」

チダさんがとうふを指さしながら、目をくりくりさせ、小さくおっほんと言った。鈴本鈴郎は一瞬話しやめてからとうふを皿に取り、いそいで食べた。

「おいしいですねこれはほんとに。ミドリ子は最初からとてもやさしかった。

ミドリ子の兄である紅郎には異存があるだろうが、ぼくはけしてミドリ子に無理強いしようとしたことはなかった。

ぼくというものがもともと昏く固いものなので、ミドリ子にもその昏さ固さかげりやすさが知らぬ間にしみうつってしまったということはあろうが、ほんとうのところミドリ子にだって固有の昏さ固さはあったのだから、それだからこそ、夢の中の道を伝ってぼくの夢にまで入りこんできたということになりましょう。

でもミドリ子はそのころ、小学生のころから、何かをたいそうこわがっているようなのでした。

何をそのようにこわがっているのか、ミドリ子、ミドリ子、言ってごらんなさい。

今なら言えるのではないですか。

かつては言わぬままに終わったあなたの恐怖」

鈴本鈴郎はミドリ子をひたと見据えた。

「すずもと」ミドリ子はつぶやいた。

「すずもと。

すずもとおねがいだからどこかに行ってしまって。

わたしはすずもとなんか好きじゃない。

わたしの好きなのはおにいちゃんだけなの。

わたしはいつだっておにいちゃんだけが好きだった。

生まれたときから。

どうしようもなく。

わたしとまるでちがうおにいちゃんのたたずまいが好きだった。

わたしがどうやっても行けないおにいちゃんのいる世界が好きだった。

わたしの世界のように穴や水たまりに満ちていない、かわいて草のはえた穏やかな世界。

すずもとやわたしとはちがう世界。

すずもとの停車場とは異なる世界。

停車場にわたしは惹かれました。

そこは静かで湿っていて永遠で動きのない場所でした。

蒸気機関車は出発し、いくら待っても帰ってこない。

昼の月は同じところにかかっている。

わたしは停車場の塀際で、いつまでだってわたしのままでいられた。

今のままのわたしでいられた。

それがわたしはこわかった。

わたしはわたしがきらいなのだから」

しんとして、そこにいる人間全員が、とぎれとぎれに語られるミドリ子の言葉を聞いた。

紅郎はなんだか混乱したような表情をしていた。とうふを頬張りながら、ミドリ子の髪を撫でたりした。ミドリ子は撫でられるままになっていたが、さほど嬉しそうではなかった。さきほどのように、ひたと紅郎に寄り添ったりはしなかった。

「とうふ」チダさんが勧めた。勧めどおしである。勧めどおしに勧められて、私たちも食べどおしである。

チダさんが残ったとうふを全員の小皿に均等に取り分けた。すでに一人四丁ずつは食べている勘定になる。鈴本鈴郎などは、おそらく六丁は食べていることであろう。腹がいっぱいだった。チダさんは猫がそうするように目を細く弓形にして笑っている。

ミドリ子のことを、チダさんはいかに思っているのだろうか、いかに思っていてもチダさんは表情を変えないニンギョさんなのだから、姉はそういえばチダさんのことをかつてあんなにも好きであった、母も。

「まだありますが。食べますか、とうふ」

チダさんは言い、答えを待たずに冷蔵庫へと歩いた。最初の容器と同じようにいっぱいのとうふを湛(たた)えた四角い容器が運ばれてくる。薬味はすでに使い果たされている。醬油につけて、腹いっぱいの上にさらにとうふを重ねていく。誰もが食べることをやめられない。「チダさん。うまい」紅郎は言った。

「チダさん、うまいから、もう結構です」

しかしチダさんは笑い猫の表情を崩さず、とうふを勧める。有無をいわさない雰囲気で勧める。

こんなに詰めこんでも、とうふはおいしかった。チダさんの腕前であった。おいしいと感じる器官の働きが鈍るほど食べているのに、おいしかった。

最後にようやくとうふが消費されつくし、まだありますが食べますかとうふ、とチダさんが発声することを恐れつつ一同はチダさんの動向をうかがった。さいわいなことに、チダさんは小皿と醤油差しと容器と薬味入れと箸を一人で片付け、台所で水音をさせていたかと思うとほどなく戻り、エプロン、いつの間につけていたのか趣味の悪いエプロンをはずし、

「さあ、どうしようか、ミドリ子」と言った。

「行きましょう」ミドリ子は静かに答えた。

「対決、かな」チダさんがはんぶんふざけたような表情で言うと、ミドリ子のほうは真面目に、

「たいけつ、します」と答えた。

「それじゃあみなさんも。食後の運動に。歩きましょう」

私たちは苦労して立ち上がった。目までとうふがつまっているような感じだった。ミドリ子と紅郎が並び、私と鈴本鈴郎が並んだ。チダさんだけが、かるがると一人で歩いていた。人間でないもののように。


傘はささずに、私たちは小降りになった道を歩いた。

電信柱を十七本数えたあたりで道は細まり、両側に古い家が立ち並ぶようになった。土地の人の家らしいのであった。電信柱は木製の細いものになり、さらに行くと道はひと一人しか通れないほどの幅になった。一列になった私たちは四十秒その道を歩いたのち、ひらけた場所に出た。都市には珍しい田が何枚か広がっている。稲が緑に光っていた。雨粒が稲のとがった葉を濡らし、どの稲もかがやいていた。

ぬかるんだ畦道（あぜみち）を歩いていくと、畦道の突き当たりに露店があって、初老の男が一人、何やらを売っていた。

「あ」と紅郎が言い、男がその声に釣られて顔をあげると、男も「お」という声をあげた。

「先輩」紅郎は言って、男の前にしゃがんだ。

「おひさしぶりです、ご無沙汰してまして」

そう言いながら頭を下げ、男の売っているものを眺めはじめた。眺める紅郎の目は、すっかり露天商の目だった。

「あいかわらず割の悪いもの売ってますね」

一通り眺めおわった紅郎が言うと、男はほっほと笑い、

「そうは言うが、これはこれでいいもんでね」と答え、

「お客さん、どうかね、一皿」と私たちに声をかけた。

男の売っているのは細かな粒で、それはおそらく粟や稗を混ぜたものなのだった。大小さまざまの皿に盛られている。計り売りします、というブリキにマジック書きの板が露店の台に下がり、チダさんは早速、

「ではこの一皿を」などと言いはじめた。

チダさんの選んだ一皿を漏斗で新聞紙の袋に入れ、天秤ばかりでていねいに計ってから、男は「二百十一円」と言った。

「二百十一円。安い買いもんだ。いくらでも来るよ。この餌ならいくらでも来るからね」

そう言って、男はチダさんに目配せした。チダさんも目配せを返し、財布からぴったり三百円を出して手に握らせた。チダさんはミドリ子に粒の入った新聞紙の袋を渡し、何やら耳

打ちをした。ミドリ子はかすかに頷き、袋を持って畦道を少し戻る。

じゅうぶんに私たちから離れてから、ミドリ子は袋をそっと開いた。片方の手に粒を一握り持ち、ためらいがちに空中に撒いた。

「ほーい」

ミドリ子が言った。粒を撒きながら、小さく言った。ふたたび袋に手を入れ、さきほどよりもたくさんの粒を握った。粒を撒きながら、こんどは腕を大きく使って粒を撒く。

「ほーい」と言いながら、ミドリ子は何回でも粒を空中に撒いた。撒くたびに腕の振りは大きくなり、「ほーい」という声ものびやかになっていく。

東のほうの空に、何かが見えはじめていた。ざわざわしたものが近づきつつあった。男と露店の動向について喋っていた紅郎が喋りやめて空に目をこらした。男も空を見上げる。

音が大きくなりつつあった。ぴい、という音や、ばさ、という音のつらなりに、それは聞こえた。雲のようなものが、近づきつつあった。東から、近づきつつあった。

「さてさて、対決、かな」

チダさんが嬉しそうに言った。

紅郎も鈴本鈴郎もぽかんとしている。露店の男は、何もかもを承知しているような表情で、東の空を見据えている。

私は、私はといえば、からだの中が妙にざわざわと騒いでいた。

ミドリ子の「ほーい」という声がするたびに、からだの中で何かが育っていくような感じになった。以前、紅郎の部屋でからだの中を何かが徘徊するように感じた、あのときと同じだった。

雲のようなものは、かたまりのまま、ゆっくりと近づきつつあった。

12

最初、やってきたのは、小鳥だった。

シジュウカラ、メジロ、スズメ、ツグミ、アオジ、ホオジロ、そんなような小鳥たちが、まばらに、やがては密になって飛来した。小鳥たちはミドリ子の撒く粒を、空中でくちばしにおさめる。それから宙返りをしたり、いったん地面に下りてちょろちょろ歩いたのち、ふたたび空中に飛んでは粒を受けとめる。

次にやってきたのが中くらいの鳥である。ツツドリ、カラス、ヒヨドリ、ハト、キツツキ、フクロウ、そんなものたちが小鳥のまわりを円に飛び、小鳥たちのついばみそこねた粒を器用に受ける。地面に落ちた粒を拾うものもあった。小鳥と中鳥の群れがミドリ子の周囲を取り巻く霞(かすみ)のように見えてくるころに、大型の鳥がやってきた。オオハクチョウ、キジ、ノスリ、ハヤブサ、オオタカ、ツルなどがわさわさと羽音をたてて到着した。小鳥も中鳥ももろともに大型の鳥の巻き起こす風にあおられて、はなびらが風に舞うようにきりきりと空中を舞う。大型の鳥たちは、獰猛に粒をあさった。ミドリ子の手に直接取りついてくる鳥もあった。トビが空中高くから角度をつけて舞い降り、鋭く粒をさらい、ふたたび天の高いところへ戻っていったりする。

今やミドリ子のまわりは、鳥でできた雲のようなものに覆われていた。すっぽりと鳥の雲に囲まれ、ミドリ子の姿はぼんやりとしか見えない。その中でミドリ子の「ほーい」と叫ぶ声だけが、いやにくっきりと響きわたっていた。

鳥の雲はぶんぶんいう音をたて、ミドリ子のまわりを回転する。巨大な脱水槽の中にミドリ子がいるようなものだった。脱水槽に向かって粒を投げれば、脱水槽の下に至るまでの間に粒はすべて消費される。ものすごい勢いで、鳥たちは粒を食べちらかしていた。地面に、籾殻(もみがら)に似た粒の殻がむすうに落ちてくる。ちょうど脱水槽の底に水が落ちてくるように。

殻はみるみるうちに降り積もり、餌をついばむことに疲れたらしい鳥が何羽でも殻の層の上にとまった。とまり飽きると、翼をはためかせてふたたび鳥の雲の中へ帰ってゆく。

「ほーい」という声がさらに高くなった。ミドリ子の白い足は鳥のつくる雲の下部からわずかに覗いている。いっぽうの声は、雲の上から湧(わ)き出すように聞こえてくる。鳥のまわる速度が速くなった。回転やらはばたきやらの音がぶんぶん高まり、耳をろうせんばかりである。

その中で、ミドリ子の「ほーい」の声だけが明瞭に聞こえた。

今や鳥たちは姿をしかとは定めることができないくらい回転を速めていた。見れば地面に休む鳥は一羽もいなくなっている。すべての小鳥、中鳥、大鳥たちが、ものすごい速さでミドリ子のまわりで回転をつづけているのである。風圧で目が開けていられないくらいだった。おびただしい鳥の和毛(にこげ)が飛び散り、軋(きし)むようなはぜるような音が高まっていた。

激しい風に耐えられず、全員が地面に身を低くした。草をつかみ、少しでも風を避けるよう頭を下げた。音が激しい。ごうごうとごうごうと鳴り響く。ミドリ子の「ほーい」という声が、音の合間にきれぎれに聞こえるような気がする。しかし空耳かもしれない。

回転の音があまりに大きくて、しまいには耳が音を聞いているのだか聞いていないのだかわからぬようになっていた。その刹那(せつな)、ミドリ子の澄んだ声がしたのだ。


「もういいのよう」と、その声は聞こえた。

もういいのよう。

高くうつくしい声だった。

声が響いたとたんに、鳥たちがいっせいに囀りはじめた。ちいちい、ぴいぴい、かうかう、ぎいぎい、るうるう、ついつい、みゃあみゃあ、むすうの鳴き声がふりそそぐように聞こえはじめた。回転はやみ、鳥たちは空中ではばたきながら、晴れやかに楽しげに囀りはじめるのだった。

ほーい。

ミドリ子が鳥の雲の中で叫ぶと、鳥たちはさらに高らかに囀った。

ほーい。

ほーい。

ほーい。

ほーい。

何回でもミドリ子は叫び、何回でも鳥たちが囀りで答える。

最後に、ミドリ子が
「それではお帰り」と言うまで、囀りは長く長く続いた。

お帰り。

そう言われて、鳥たちは、来たときと同じ東の空へと、次々に帰った。

最初に大きな鳥たちが。次に中くらいの鳥たちが、最後に小鳥たちが。

すべての鳥が帰り、殻とさまざまな色の羽と多くのふんが残された、その中心に、ミドリ子は立っていた。

茫然と、立っていた。

もういいのよう。そういう顔をして、立っていた。

紅郎がミドリ子の手を握り、ミドリ子は茫然としたままおとなしく紅郎に引かれて田の畦道を歩きはじめた。

全員が無言で夕方の畦道を歩いた。露店の男はいつの間にかいなくなっており、やがて日が暮れようとしていた。大きな橙色の夕日が空の低くにかかり、皆の顔を照らした。ミドリ子の手を引く紅郎の横顔を、わたしはじっと見ていた。紅郎の横顔は常のごとくなめらかで、鋭角的だった。橙色の光が紅郎の輪郭をにじませ、私はずいぶんへんな気持ちだった。

かなしくてへんなのか、嬉しくてへんなのか、そのどちらでもなく、胸の奥にいつもある固いものが溶けたのが不思議で、それでへんなのであったか。

もういいのよう。その声が、私を不思議なところに連れていったように思えた。

紅郎、もういいのよう。ユリエちゃん、もういいのよう。お母さん、もういいのよう。チダさん、もういいのよう。オトヒコさん、もういいのよう。鈴本鈴郎、もういいのよう。ミドリ子、もういいのよう。そして、私、もういいのよう。

「ミドリ子、どうしてもぼくのところへは来てくれないの」

鈴本鈴郎が、ミドリ子に向かって聞いた。低い低い声だった。

「ごめんなさい」

ミドリ子は答えた。

「ごめんなさい、あなたに惹かれてました。でももうおしまい、ほんとにおしまい」

静かに、ミドリ子が答えた。

チダさんの家に着き、水の入った袋にとうふの残りを入れてもらって、私は一人でいとまを告げた。駅までゆっくり歩いた。かつて姉がこの道を胸ときめかせながら歩いたのであるなあと薄く思いながら、とうふを提げて、ゆっくりゆっくり歩いた。


オトヒコさんが変化しはじめている。

そう姉から電話があったのが、それから七日後で、私は小さなチョコレートの詰合せと酒と干し魚を手みやげに持って姉を訪ねた。

紅郎からは一回連絡があったきりで、ミドリ子はずっと学校を欠席していた。私は毎日学校に行き、昔の日本の恋の物語について説明したり政治問題についての小論文の書き方をうわの空で教えたりしていた。同僚に話しかけられると、「ふふふふ」と笑ってから咳を何回かし、からだの調子が悪いのですよという表情をすまなそうにしてから、機械的に短い返事をした。生徒に質問をされたり身の上についてのこみいった話をされたりすると、やはり「ふふふ」と笑ってから、少し残念そうにしてみせて、機械的な短い返事をした。そうすると、熱心に返事をしていたころよりもおおかたの人間が納得して嬉しそうにするのは、少し不思議だったが、まあ世の中そんなものかもしれない。

世の中そんなものかもしれない、などという気分になることがよくないことだということはわかっていたが、すぐにそういう気分になった。紅郎からは電話が一回あったきりだったし、こちらから紅郎に電話をするのは、おっくうだった。かなしいのでもなく、ただおっくうなのだった。何かを掘り返すのがおっくうなのだった。

姉のところに行く前に大きな食料品専門店に寄って、うわの空のまま手みやげを買い求めた。干し魚は、中国のものだった。酒は日本のものだった。チョコレートはベルギーのものだった。マダガスカルのコーヒーやチュニジアのひよこ豆やベトナムの春雨やカナダの干し肉も買おうかと思ったが、深刻な話が始まるかもしれない場所に重い荷物を持っていくのも気がひけて、やめにした。うわの空のまま目についた一つ一つの品の輸入元を眺めるので、買い物を終えるのに二時間もかかって、疲れた。疲れたが、疲れを感じる部分がすり減っているような気分だった。

「あらマリエちゃん、やせた」

姉は私の顔を見たとたんに言った。姉は、少し太ったように見えた。顔がまるくなったんじゃない？　そう言いそうになった。しかし我慢して言わなかった。気を悪くするにきまっている。

「やせたかもしれない」

「いいわね」

「よくないわよ」

「よくないかな」

「よくない」

「じゃよくないやせかたなの」

しばらく私は黙ってから、小さく、

「うん」と答えた。

姉もしばらく黙ってから、私の頭をそっと撫でた。赤ん坊の頭でも撫でるように、赤ん坊の頭のてっぺんの、あのゆるいぶかぶかした部分をおそるおそる撫でるように、ていねいに撫でた。

「あんたの頭、固いわね」

「あたりまえじゃないの」

「このごろ柔らかいものばっかりさわってたから」

姉はよくわからないことを言って、なおも私の頭をやさしく撫でた。姉に触れられると、頭が気持ちよかった。紅郎に触れられるのとはまったく違う気持ちのよさだった。氷枕で熱のある頭を冷やしたときのような気持ちのよさだった。かつて紅郎に触れられたときには、あたたかいものが湧いてくるような気持ちのよさがあった。紅郎のことを思い出して、ひとまわりひゅっとその場でやせていくような心もちになったが、姉の手が気持ちよくて、すぐにまたひゅっと戻った。

「オトヒコさんがね」

干し魚をあぶり、細いスパゲティーを茹(ゆ)でて胡椒(こしょう)やじゅっと焼いたにんにくや大きくちぎった香草であえ、冷えたトマトを輪切りにすると、姉は酒を開けて注いだ。

「飲もう」

「うん」

「で、オトヒコさんがね」

オトヒコさんが膜の中で違うものになりはじめたのは、今月のはじめごろだった。最初いやに黒っぽくなってきたと思った。よく見ると、体毛が増えているのだった。顔や手や足や、服から出ている部分に色薄い毛がずいぶんたくさんはえ出てきているのだった。そのために、全体が濃い色に見える。驚いてちょうどその夜あらわれたオトヒコさんの影みたいなものに何ごとかと訊ねた。

ぼくにもよくわからないのです。

影みたいなものは答え、憮然(ぶぜん)とした様子になった。

よくわからないの。そう。困ったわね。

姉が言うと、影みたいなものはますます憮然とした様子になる。

数日間体表の変化はつづき、ただし呼吸数に変化はない。あいかわらず一分間に六回の呼吸が規則正しく行われていた。オトヒコさんがうぶ毛とも普通の毛ともつかないものにびっしりと覆われたころ、影みたいなものがふたたびあらわれて、姉に告げた。

ぼくはどうやら出芽しているみたいです。

え、と姉は、これは大声で言ったらしい。出芽？

そう。小さなぼくが横腹のあたりからはえてきています。

小さなぼく？

小さなぼく、すなわち小さな芽みたいなものというわけです。

あわててほんものの休眠するオトヒコさんのところに行くと、いつの間にやらずいぶん膜が薄くなっていた。厚くオトヒコさんを覆っていた膜がほとんどないようになってみると、オトヒコさんは溶けてゆるく流れだそうとする寒天のように、かたちを不定にしかけていた。その不定なオトヒコさんの右脇から、たしかに小さなものがはえていたのだった。

「干し魚、しょっからいね」

姉は干し魚をていねいにむしって皿に並べ、おもむろに一切れを口に入れて酒をごくごく飲んでから、言った。

「ごはんと一緒に食べるものらしいよ。一切れで一膳くらい食べられる」

「このスパゲティーが味薄いから、混ぜて食べるといいかもしれない」

「そうかなあ」

せっかくのそれらしいスパゲティーに干し魚を混ぜる気持ちにはならなかった。しかしそういえば姉は小さいころから何でもごはんに混ぜて食べるのが好きだった。醬油。しらすぼし。おかか。バター。マヨネーズ。皿に残った肉汁。長くたってしなしなになったサラダの具。鍋物の翌日の残りつゆ。みそ汁。みそ汁の実だけ。ごま。もみのり。豆。卵の黄身。木の実。ときどきは庭に咲いている花のはなびら。そんなものを大事にとっておいて、熱いごはんに混ぜて食べる。私は、何も味のしないごはんをさらさらと食べるのが好きだった。なんでも混ぜて食べる姉を、不審の目で見たこともあった。姉は干し魚をさらに小さくちぎって、スパゲティーに散らした。

オトヒコさんの出芽物は日に日に大きくなり、膜はほとんどないようになっていた。呼吸は一分に六回のままだが、オトヒコさん本体は少し縮んでいくように思えた。栄養もとっていないし、水分だってとっていない。どうやってここまで生き長らえたか、もともと不明だった。

出芽しつつあるものは人間の胎児と同じような経過で変化していった。ただの細胞のかたまりのようだったものが、しっぽを持ち手足頭の区別がつき、まぶたのない目ができ、しっぽが消え指が割れ、まぶたが閉じ微細な耳や爪や鼻の穴がかたちづくられ、しまいに人間の子供のようになった。

オトヒコさんの脇腹と接しているのは出芽物の足のうらだった。出芽物はちょうどオトヒコさんの脇腹にのっかっているように見えた。出芽物が人間らしくなるにつれて、本体のオトヒコさんはどんどんしぼんでいった。オトヒコさんの影のようなものは三日に一回くらいあらわれて、気分をいちいち説明する。

気持ちいいんですよ、妙なもの注射されてるみたいです。

眠いですね。元から眠っていたけれど、眠っているよりも眠い。

少しこわい。

ずいぶんこわい。

かなしい。

嬉しくて、息ができないくらい嬉しい。そのあとに飛び跳ねたくなる。飛び跳ねられないけれど。

からだのすみずみまで何かが満ちていくような気持ちだ。少し塩からくて浮力の高い何かが。

説明すると、オトヒコさんの影のようなものはそそくさと消える。説明されるたびに本体のオトヒコさんの横たわる部屋に行って観察すれば、オトヒコさんはますます縮み出芽物はますます成長しているという寸法である。オトヒコさんを覆う膜はすっかり消え、さわってみれば、本体のオトヒコさんは硬くかわいており、いっぽうの出芽物はいかにも柔らかかった。

「マリエちゃんもさわる?」

姉はスパゲティーを頬張りながら言った。

「あとで。ちょっと。いいかな」

「いいよ。いいもんだから、あの柔らかさ」

せっせと食べていると、オトヒコさんの影のようなものが横に座った。姿勢よく椅子に座り、私たちが食べるさまをじっと見ている。うらやましそうな顔で見ている。

「食べますか？」

オトヒコさんの影のようなものの沈黙が少しこわくて聞くと、影のようなものは、

「食べたいです。でも食べたくない」と答えて、かなしそうにした。

「いいのよ、ほっといて」

姉がてきぱきと言う。影のようなものは姉をうらめしそうな目で眺め、私に向かって会釈し、

「ユリエはそういうところがある。ぼくはそういうところあんまり好きじゃないなあ」と言った。

「好きじゃなくても好きでも、あたしを置いて休眠してしまったことを忘れないでほしいものね」姉がさらにてきぱき言うと、影のようなものは、

「うう」という声を発してから、すうと消えた。

「いつもああなんだから」

姉が憎らしそうに言う。

「でもユリエちゃんオトヒコさんのこと海よりも深く山よりも高く愛してるんじゃなかったの」

「そりゃあそうだけれど、あたしばっかり愛するのはつらいもんよ」

「オトヒコさんは愛してないの、ユリエちゃんのこと」

「そうは思わないけど」

「けど」

「愛しかたがちがうみたい」

「ちがうの？」

「ちがうの」

「どうちがうの」

「オトヒコさんはね、全部じゃないの。全部で愛さないの」

「ぜんぶ？」

「そう、全部」

「ぜんぶって、なに」

「全部って、全部よ」

全部、と言いながら、姉は一瞬泣きそうな顔になった。それから目や眉をくしゃくしゃにしてひと声「えーん」と泣いてから、すぐに元に戻った。

「オトヒコさんなんかきらいよ」

大きな涙が幾粒か流れ落ち、その涙を姉はぐいと腕でぬぐってから酒をがぶがぶ飲んだ。

行きましょう、と言いながら姉は私の手をとり、オトヒコさんの休眠する部屋に連れていった。恰幅のよかったオトヒコさんはすっかり繊維質の細いものに変わっており、かわりに横腹からの出芽物がふくふくと水気に満ちていた。さわると出芽物は姉の言うとおり柔らかく、てのひらに吸いついてくるようだった。

「やらかい」と言うと、姉は私の頬に自分の頬を寄せるようにして、

「やらかいでしょ」とささやいた。

「どうするの、これから」

「やらかいものに期待するわ」

姉はひっそりと答え、私は頷いた。何回でも、私たちは出芽物を撫で、出芽物はそのたびにゆらゆらと揺れるのだった。

紅郎から一回あった連絡は、電話で、その内容はただの世間話に近いものだった。

「このごろ仕入れがうまくいかないことが三回ほどつづいて、まいった」などと紅郎は喋るのだった。

「イギリスの古い食器のセットを仕入れたんだが、にせものだった。明治の軍服はせりで高く買いすぎた。だいいちこのごろ主力のガラスが売れない」そんなことをどんどん喋る。

はかばかしい答えが、私はできなくて、もともとはかばかしい答えなどいつもできなかったのだが、できないと気がつくと、今までの紅郎との会話すべてにどんな答えをしていたのだか、わからなくなる。

「また引っ越すかもしれない」

そうなの。そうなの。うん。そんな答えばかりする私に向かって、紅郎はことさら事務的に言うのだった。引っ越すかもしれない。言われて、私は、うん、としか答えられなかった。言いたいことは山ほどあるのに、栓をされたように最初の言葉が出てこない。最初の言葉を出してしまったら、そのまま紅郎との縁が切れてしまうだろうことがこわくて、出てこないのかもしれなかった。紅郎のほうも、私の栓を抜こうとしない。おそらく栓がされていることは知っているのであろうが。

引っ越しの日が決まったらまた連絡する。そういう終わりかたで電話は切れた。

次の連絡があったのが、悲嘆の気分四回なげやりの気分二回怒りの気分三回放心の気分五回ほどを経たころの、前の電話から五日後だった。

いつかミドリ子とチダさんとの二人と待ち合わせた喫茶店で紅郎は待っていると言い、すぐに電話を切った。ずいぶん栓は硬くなっており、電話で紅郎の声を聞いたくらいでは栓がされていることさえ思い出せないくらいだった。

紅郎の顔を見ると、それは十八日ぶりだったのだが、思ったとおりの紅郎の顔なので、驚いた。

さまざまな気分を経るにつれて、紅郎の顔をすぐさま思い浮かべることは難しくなっていた。一夜漬けで行った記憶をかろうじて思い浮かべるようにしか、紅郎の顔を思うことはできなくなっていた。だからその記憶はどこかゆがんで抜けのあるものだとばかり思っていたのだ。しかし記憶はたしかで、紅郎はうつくしくつややかだった。

チョコレートコーヒーという妙なものを頼み、私は少しあがって紅郎の前に座った。紅郎の記憶の中の私が、今の私と同じなのかどうかが気になった。

「マリエ」

紅郎に呼びかけられて、あ、と思った。マリエ、と呼ばれると、体の中の何かがかちりと音をたて、活性化される。その結果、マリエ、という言葉に呼応するように、紅郎、という言葉が私の中で鳴り響く。

けれどもそれらの響きはあいかわらず栓をされたまま体の中に溜まっている。ぼんやりとしたかたちのまま響きわたるばかりで、明らかな言葉になってくれない。私は紅郎を見上げた。情けない表情で、見上げた。

「ごめん」

紅郎が言ったとたんに、チョコレートコーヒーが運ばれてきて、チョコレートコーヒーとはつまりウインナコーヒーの上にさらにチョコレートの粒がふりまかれたものだった。

「ずいぶんなものねえ」と言うと、紅郎は少し笑って、

「俺にも少し飲ませて」と言った。

「うん」答えてから、私はチョコレートコーヒーをすすった。皿に茶碗を置くと、紅郎が手をのばし、茶碗を持ち上げた。そのまま一口飲む。

「けっこういけるね」

「うん」

「マリエには甘すぎるんじゃないか」

そう言われた瞬間に、私は紅郎の手を握っていた。マリエ、と呼びかける紅郎の声が持ってくるあらゆる過去の紅郎への思いが一時に押し寄せてきて、紅郎へのいとしさでいっぱいになった。

手を、私は強く握った。

けれども紅郎は握り返さない。長い指を白くさせて、下を向いている。

「ごめん」

もう一度言って、紅郎は私の顔をじっと見つめた。紅郎の目は見開かれ、その瞳に私がうつっているのが見える。

「どうしても？」

聞くと、紅郎は瞳に私をうつしたまま、小さく頷いた。

どのくらい紅郎の手を握っていたのか、貧血になったときにあらわれる小さな粒がたくさん見えるようになるまで、私はいっしんに紅郎の手を握っていた。

それから、ゆっくりとてのひらを開き、紅郎から離れた。チョコレートコーヒーの残りを飲みほし、水を飲みほし、立ち上がり、もう一度聞いた。

「どうしても？」

紅郎は首を横に振った。ごめん、のかたちに紅郎の口が動き、しかし声は聞こえなかった。

どうして紅郎はいつまでも私のことをマリエと呼ぶのか、それさえやめてくれればこのへんな気分はなくなるかもしれないのに、どうして私はいつまでも頭の中で紅郎のことを紅郎と呼ぶのか、それさえやめられればこのふらふらする感じは止まるかもしれないのに、そんなことを考えながら、私は店を出た。

去りながら、紅郎のことを六回も振り返った。紅郎は落ちついた様子で椅子に座り、私を見ていた。振り返る私を、見開いた目でじっと見ていた。

13

特別に蒸し暑い数日が過ぎ、秋の空気がほんの少し感じられはじめたころ、ミドリ子が退学届けを出しに来た。

図書館への返却を延滞していた本数冊をかかえ、ミドリ子は職員室にやってきた。

「せんせい、お元気で」

ミドリ子は言い、深くお辞儀をした。

「そちらもね」

ミドリ子は少し日に焼けていた。これからどうするの。そう聞くと、おにいちゃんと一緒にお店やります、と答えた。こんど場所借りてお店開くことになりました。わりと街中です。よかったら来てくださいね、と言われたらどうしようかと思ったが、言われなかった。そのかわりに、ミドリ子はもう一度お辞儀をした。

「引っ越しはするの」

「まだだけど、じきに」

「これからも何回でも引っ越しするのかな」

「たぶん」

ミドリ子は少しほほえんだ。私も少しほほえんだ。二人で顔を見合わせていると、ミドリ子のことを私はきらいになれないということがよくわかった。ただしそうだからといって、腹のあたりにある大きな空みたいなものはなくならないのだったが。

マキさんとアキラさんは、まだ出るの。そう聞きたかったが、聞けなかった。マキさんとアキラさんのことを思うと、ひどくせつなかった。紅郎とミドリ子のことを考えるよりも、ずっとせつなかった。

「お客さんが来たら、ちゃんと正面向いて応対するのよ」

「はい」

ミドリ子と私はこんどはくすくすと声をたてて笑った。

「猫はまだ苦手？」

「苦手だけど、アパートに二匹来るから、また餌やってる」

餌、煮干しとドライフードをやってるの。ドライフードのほうが、よく食べる。人間がジャンクフード好きみたいなものかな。そう言ってから、ミドリ子は鈴本鈴郎のその後について短く説明した。

　鈴本鈴郎はしばらく紅郎のアパートに居ついていたのだ。

「ミドリ子、家に帰らなくていいのか」鈴本鈴郎は最初そう言ってせまった。

「家に帰らずに、ずっと兄のところにいるなど、尋常のことではない」鈴本鈴郎はせまるのだった。だいぶん、形骸化したせまりかただったが。

　紅郎とミドリ子の両親は、最初ミドリ子を家と学校に帰そうとしてはみたが、なにしろ長年のミドリ子の言動に疲弊しきっていたために、いちばん近い親族である兄のもとにミドリ子がいるということに内々で満足していることを紅郎もミドリ子もよく承知していた。

「尋常でないことでもないと思うよ」紅郎が言うと、鈴本鈴郎はじきにしおれてしまうのだった。

　しばらくは、自然に反するだのあるべきことではないだの許されぬだの、いろいろに鈴本鈴郎はかきくどいたが、やがて何も言わなくなった。

　黙って、台所の隅に座り、鈴本鈴郎は二人を眺めるようになった。食事と睡眠とあと少しの時間以外は、鈴本鈴郎はいつまでも台所の床に座っているようになったのであった。

「なにも言わないの」聞くと、

「ときどきね、ふしあわせそうな顔で、ああ、なんて言うこともあったし」

「あったし？」

「あとね、ものすごく嬉しそうに、おお、なんて言うこともあった」

「ちょっとうっとうしいわね」

「そんなこともないけれど」

ミドリ子は、ずいぶん晴れやかな感じになっていた。以前ミドリ子にまつわりついていた、とりとめのない空気が影をひそめて、かわりに澄んだかわいた空気がミドリ子を包んでいた。

「紅郎はなんて言ってるの」

「そっとしておきなさい、って」

ミドリ子は言い、よくよく注意しなければわからぬくらいだが、わずかにうっとりとした表情になった。紅郎に、なさい、と命令のように言われるミドリ子のことを、一瞬私はうらやんだ。命令されることなどきらいだが、紅郎に何かを強く言われることがたいそう気持ちよかったことを、突然思い出した。それが、私と紅郎のありかただった。ミドリ子と紅郎のありかたがそのてんで同じだと思うと、息がつまるほどうらやましかった。

「それで、まだいるの、鈴本鈴郎氏」

「いない」

　鈴本鈴郎は、台所の床にも座り飽きたのか、部屋の掃除を進んでしたり、音楽を聞いて踊ったり、オセロの盤を買ってきて紅郎と対戦したり、あるときから一転して活発になったのだという。

「オセロ？」

「そう。すずもと、オセロ強いの」

「強いの？」

「おにいちゃんもわたしも一回も勝てない」

「それはまた」

「オセロ二段だって、こないだ言ってた。有名なオセロ道場で修業したんですって」

　ミドリ子の話じたいは、あいかわらずとりとめがない。鈴本鈴郎は、オセロをするときだけ、以前と同じような冷徹で実際的な鈴本鈴郎になるのだとミドリ子は言う。紅郎やミドリ子が次の手を考えあぐねて唸っていると、けしてせかしたりせずに、落ちついて腕など組んで待っているのだという。形勢が不利になってきて紅郎やミドリ子が試合を投げようとすると、さらに落ちついた声で、

「いや、最後までやらないと結果はわからないよ、あきらめないで」などと説く。なるほどと最後までやると、勝てない。勝てない不満を述べると、

「勝負だから。どちらかが勝たなければならないから」と静かに答える。

「でね、結局すずもと、オセロ大会のために出ていったの」

「え」

年に一回開かれるオセロの世界大会予選に参加するために、鈴本鈴郎はある朝早くに荷物をまとめて出ていったのだという。

「お世話になりました。ミドリ子は今でもぼくの運命の女ですが、オセロ欲もやみがたく、ぼくは結局自分の欲望というもののあきらかな対象がわからなくなりました、今でも森の奥にはぼくとミドリ子がひっそりといるのです、しかし森のさらに奥まで踏み入るためには何かが足りない、ぼくには何かが足りない、ミドリ子にも何かが足りない、足りない何かを探すためにぼくはオセロをじっとじっと行ってみようと思います、黒や白のまるいものとじっとじっと対してみようと思います」

ミドリ子が、棒読みで鈴本鈴郎が言ったというせりふを述べてくれた。運命の女という言葉はウメイノオナ、と発音され、じっとじっと行ってという言葉はジトジトオコナテ、と発音された。

時間がたったことが実感された。夏が過ぎ、秋になろうとしている。

ミドリ子も紅郎も鈴本鈴郎も、私の知っているミドリ子や紅郎や鈴本鈴郎ではなくなっているのに違いなかった。

　もう少し話したそうにするミドリ子に向かって、私は、

「それじゃ」と言った。

「元気でね」

　しばらくしてから、ミドリ子も小さく言った。

「せんせいもおげんきで」

「紅郎によろしく」

「はい」

　ミドリ子は、図書館の本をかかえなおし、床に置いてあったかばんを取り上げて、くるりと私に背中を向けた。図書館の本は、『オセロ入門』と『砂漠の緑地化計画』と『日本の国宝・五』だった。蟬がわんわん鳴いており、ミドリ子からはかすかに花の匂いがした。私は、姉の長い髪にからまってしまった遠い夏の午後のことを、少し思い出していた。


　姉の髪は、変わらず腰まである。

三つ編みにその長い髪を編んで、頭に二重に巻きつけて、姉はせっせと掃除をしている。

オトヒコさんから出芽した新たなものは、今や元のオトヒコさんとほぼ同じ大きさに成長していた。元のオトヒコさんはずいぶんと縮んで、ふわふわとしたもろい紙のように新たなものの足に付着していたが、少し前についにしぼみきり、かさぶたが剝がれるように新たなものから剝がれ落ちた。剝がれてからは、息もせず動きもせず、ただの紙きれのように、つまりは生命を持ったものではなくなっていたのである。

新たなものは数日前から目を見開くようになったと姉は説明した。目を開き、あたりを見まわし、姉と目があうと、にっこり笑う。ためしに『いないいないばあ』をしてみると、声をたてて笑う。

「なんでそんなことするの」聞くと、

「だってやっぱりほら、ついしちゃうのよ」

「ついって」

「あかんぼみたいなものでしょ」

「あかんぼなの」

「さあ」

さあ、と言いながら、姉は自分のくびすじを撫でた。髪をあげてむきだしになっているくびすじは、細くはかなげだった。撫でている指は、先細りで長かった。あらたなものがあらわれ、姉は以前よりもうつくしくなったように思えた。

「オトヒコさんの影みたいなものは、まだあらわれるの？」

「もう出てこない」

「いつから」

「元のオトヒコさんが剝がれてから」

元のオトヒコさんが剝がれたときに、姉は少しだけ泣いたのだという。長い旅に出るひとを見送るときのような気分になって、と、姉は言った。長い旅に出るひとを見送る気分で、姉は剝がれたオトヒコさんをだきしめて泣いた。剝がれたオトヒコさんは、軽かった。軽く、温度がなく、今にも空中をただよってどこかに飛んでいってしまいそうに小さかった。小ささを確かめるうちに、感傷的な気分はすうっと引いていった。

「そんなもの？」

「そんなもの」姉は答える。

「だって、元のオトヒコさんはもういないんでしょう」

「元のオトヒコさんっていうものを、あんまりよく知らなかったもの」

「一緒に暮らしていたのに？」

それでは、一緒に暮らしていたあたしやおかあさんのことは、マリエちゃん、よく知ってるの。姉は反対に問い、そう質問されると、むろん私は姉のことも母のこともよくは知っていないことに気がつく。気がつくが、それは何か言葉のあやのようにも思えた。

「知る知らないっていうことなのかなあ」

「ことって」

「だから、ひとを好きになるっていうことが」

そういう定義の問題には、あたしは興味ないの。姉は細いうなじをふりたてながら、きっぱりと言った。興味ね。私は答え、姉に渡された雑巾を洗い、しぼった。

「ちょっとマリエちゃん、しぼりが甘いっ」

「ユリエちゃんみたいに握力ないもん」

姉はきゃしゃなわりに握力が強く、そういえば昔からいろいろなものを握りつぶすことを特技としていた。固く丸めた雪礫。くるみ。消しゴム。ふうせん。ぬいぐるみ。豆本。りんご。フィルム。じゃがいも。あまたのものが、姉の握力のもとにぐしゃりと潰れていったものだった。

「新しいもの、ゆうべちょっと起きあがった」姉が雑巾をしぼりなおしながら、言った。

「え」

「起きあがって、言葉喋ったの」

新たなものは、いつものように姉が一分間の呼吸数を計っていると、むくりと起きあがったのだという。最初上半身だけ起きあがったが、やがて床に足を置いて、一歩二歩と足を踏み出した。歩き慣れず、つかまり立ちをして、やっとのことで数歩歩いた。それからまた寝床に戻り、横たわった。

「なんて言ったの」

「ユリエ、って言った」

「ああ」

新たなものの「ユリエ」は、いったいどのような声だったのか。子供が、母親に呼びかけるような声だったのか。弟が、姉に呼びかけるような声だったのか。恋人が、恋人に呼びかけるような声だったのか。父親が、娘に呼びかけるような声だったのか。見知らぬ人が、見知らぬ人に呼びかけるような声だったのか。そのどれをも含んだ声だったのか。

「よかったね」私は小さく言った。

「まあね」姉はさっぱりと答える。

「記憶があるのね」

「あてにならないけどね」

その後新たなものはふたたび目を閉じ、今朝計ったら呼吸数は一分間六回に戻っていたという。

「動かないの？」

「動かない」

「また動くわよ」

「予断を許さないわね」

姉はさらにさっぱりと言い、どうしてそんなにさっぱりしてられるの、と思わず私は聞いていた。

「何を」

「決めたから」姉はごしごし雑巾がけをしながら、答えた。

「好きでいようって」

「なんだかわからないものでも？」

「どんなに不確かだとしても、決めたからいいの」

「そういうもの？」

「そういうもの。好きになるって、そういうもの」

ほんとうにそうなのか、私にはよくわからなかった。しかし、姉にとって好きになるとは、ひとを愛するとは、そういうことなのだろう。それが姉とオトヒコさんのありかたなのだろう。遠くで何かが動く音がした。

　音は近づき、居間の扉を開き、見れば新たなものが扉のこちら側に佇んでいるのだった。新たなものは、白くふくふくと輝いていた。ふくふくと輝きつつ、ほほえみを湛えていた。ほほえみを湛えつつ、言葉を発した。

「ユリエ」と新たなものは言った。

「ユリエ、おはよう」

「おはよう」姉も返し、新たなものと姉は見あった。

「起きた？」しばらくして姉が聞くと、新たなものは頷いた。

「起きたよ。すっかり。よく眠った」

「夢、見てた？」姉は新たなものの目を覗きこみながら、訊ねた。

「見た」

「どんな夢」

「それはね」

　それはね。二人の女の子が出てくる夢です。むかしむかしあるところに、姉妹がおりました。姉の癖は腰まで届く髪をいじること、妹の癖は数をかぞえることでした。ある夏の日、二人は昼寝をしておりました。蟬の声がやかましく、ガラスの赤い風鈴がちりりと鳴りました。汗をかきながら昼寝をする姉妹は、長い夢を見ていたのです。姉は、いつか大人になって強く人を恋う夢、妹は、いつか大人になって恋うた人と別れる夢、どちらもなかなかにつらい夢でした。二人は夢を見ながら、互いのからだに手をまわし、固く抱きあっていたのです。姉の長い髪は妹にからまり、妹の腕は姉を巻いていました。蝉が鳴き、風鈴が鳴り、それでも二人は目覚めようとしませんでした。目覚めずに、汗をいっぱいにかきながら、長い長い夢を見つづけるのでした。

紅郎とミドリ子に会ったのは、夏が過ぎ、秋も過ぎ、冬に入り、新しい年が来たころだった。

チダさんに、新年のぼろ市に誘われたのだ。チダさんと一緒に、私は混みあった神社の境内を歩いていた。チダさんは、クリスマスに母に結婚を申しこんだが断られたいきさつを、のんびりと語ったりした。チダさんらしく、他意のなさそうな声でのんびりと語った。もしかすると会うかもしれない、そう思いながら歩いていると、案の定紅郎の出店に行きあたった。

「あ」と最初に声を出したのがミドリ子で、横に座っている紅郎は無言だった。無言で、少し笑って、こちらの顔を見上げた。

「ひさしぶり」言うと、紅郎は頷き、ミドリ子は、

「あけましておめでとうございます」と、立ち上がってお辞儀をした。

チダさんがミドリ子の消息を訊ね、ミドリ子が適当な返事をすると、チダさんは、

「ほう」

などと言い、するとミドリ子がいつものようなとりとめのないことを喋りはじめる。そのやりとりの間、私と紅郎はお互いの顔を見あっていた。

「前より筋肉つきました？」聞くと、

「少し。外でよく働いてるから」と紅郎が答える。

「私は筋肉落ちました」

「机に向かってよく働いてるから？」

「そう」

言いあって、共に笑った。紅郎はまだ紅郎のままで、それは当然で、私は夏が終わったころ紅郎に宛てて書いた手紙のことを思い出していた。結局出さなかった手紙のことを考えていた。

紅郎さま
暑さやいろいろで、
しばらく眠りが浅かったけれど、
そういう時も過ぎて、
ようやくぐっすり眠れるようになりました。
そしたら残暑がきて、また寝苦しくなっちゃいましたけど。
いろいろ考えたけれど、
結局は考えても何も出てこないのですね。
ただね、
ずいぶん楽しかったなあということだけ、
今は思ってます。
もう紅郎といっしょにいられないんだってわかった日の明けがた、
新聞配達のひとの足音がとんとん階段をのぼってくるのを聞きながら、
私は、
よきものになりたいなあって思っていました。
よきものって、ほんとはどんなものかわからないけれど、そういうものになりたいなあってただ思っていました。

いろいろありがと。

からだに気をつけて。

元気でね。

マリエ

感傷的な内容に思えたので、何回か出そう出すまいと迷ったのち、結局は出さなかったのだが、紅郎の顔を見ているうちに、出してもよかったのではないかという心もちになった。

紅郎は、日に焼けた顔で、何回か頷いた。私も、何回か頷いた。いろいろな意味がおそらく含まれている頷きかたを、二人で何回かした。

姉の言うとおりかもしれない、誰かを好きになるということは、誰かを好きになると決めるだけのことなのかもしれない、紅郎が慕わしかった、紅郎が好きだった、今でも紅郎が好きなのだった、紅郎が好きで嬉しかった、紅郎が好きということが不思議だった、紅郎はしかしもう私とは無関係のものなのだった、いつかはよきものになれるかもしれないという気分に一瞬なった、一瞬なったが、たぶん嘘で、それもまた何か満ち足りた気分なのだった。

「さよなら」

私は言って、紅郎に向かって頭を下げた。

「さよなら、またいつか」

紅郎も言って、頭を下げた。

真面目な顔のまま、紅郎と別れた。ミドリ子はいつまでも手を振っていた。ぼろ市の人出に押されて、次第に紅郎とミドリ子の姿が遠ざかった。寒いね、チダさんが言った。寒いよね、答えた。

寒いので、走りたい。そう言うと、チダさんは少し驚いた顔をしたが、それがいいかもしれない、としばらくしてから言い、二人で走った。人込みから少しはずれた裏の参道を、走った。いつか姉と夜の町を走ったときよりはずいぶん遅く、それでも、一所懸命に、走った。

解説

宮田毬栄

ひとりの作家を語るとき、どうしても忘れることができない作品というのは、そう多くはないはずである。

おそらく遠い日において川上弘美の文学を考える際に、長篇小説『いとしい』は、最も重要な場所を占めるのではないだろうか。

たしかに変わった作品ではある。川上弘美のほかの小説についてもいえることだけれど、『いとしい』のなかにいっそう明瞭にうかがえるのは、作者の変容するものへの願望である。

不変という概念に対する作者の怖れ、あるいは嫌悪は、ごく初期の作品にも散見される。

変わりゆくもの、形を変えつつ動くもの、縮みまた膨張するものとして、川上弘美の文学世界はあらわれる。

『いとしい』では、その傾向はさらに強められ、過激に展開される。語り手である主人公マリエとその姉のユリエ、母カナ子、母の恋人だったイラストレーターのチダさん、マリエが教える大鳩女子高等学校の生徒ミドリ子、ミドリ子の兄でマリエの恋人になる紅郎、ミドリ子を追いかける鈴本鈴郎、姉ユリエの恋人オトヒコ。全員が揺らめくごとく、あやふやで、液体みたいな人物たちだ。

こんなあやうげな、たゆたうような人間たちの間の愛の物語に、これまで人は出会っていただろうか。世界の文学のどの時代を見渡しても、愛の小説『いとしい』は類を見ないものだ。カフカともミッシェル・トゥルニエともちがうとしかいいようがないのである。

それにここには、「神様」以来の変な笑いがあふれている。数をかぞえる癖があるマリエ、いつだってとりとめのないミドリ子、前うしろが同じような印象の顔をしたチダさん、半透明の膜みたいなものに包まれて休眠するオトヒコ……。

おかしいといえば、全ページが変てこなおかしさにみちている。最初の父「お帽子様」、春画師だった二番目の父と彼が飼っていた猿の四代目タマ、マリエとユリエの天井裏でのお屋敷ごっこ、四代目タマ（猿）にまで端役をふっての告白ごっこ「大タマ様と小タマ様」……。

川上弘美の才能は笑いのなかでいつも冴えている。そして、その笑いにはたとえようのないかわいさが付着している。それなのに、定形を嫌う作家は、笑いと同じ量だけ恐怖をとり入れるのだ。私は恐怖が苦手で、『いとしい』でも、二番目の父の春画モデル、アキラとマキさんのユーレイがふわっと出てくるところで、あわてて本を閉じるのだった。深夜読むには耐えられないこわさ、不気味さなのである。翌日の陽の光を待つしかなかった。

これまでの「消える」や「惜夜記」もすごくこわいものだったけれど、『いとしい』に貼りついたこわさは長篇だけに、どこに隠れているかわからないこわさなのだった。こわくなると、もう川上さんが、夜更けあの長い髪を垂らしてこわい話を書いている姿を想像するだけで、恐怖が走った。これからは、なるべく笑いにだけ向かって欲しい。せめて笑いが別種の笑いに移行するさまを描いて欲しい。

今回読み返して感じたのは、やはり全篇に漲るこわさであった。変容することは本質的にこわいことなのかもしれないと思った。そして、変わり、揺らぎ、移ろい、消滅することの悲しみをたっぷり感受したといってよい。

川上弘美が、漂うような、漂流するような人物や動物や生物や鉱物を登場させ、物語のなかに動かし、語らせ、笑わせ、こわがらせながら描こうと願ったのは、この世界にあって、変容しないではいられない生きものの悲しみだったのかもしれない。

〈くまにさそわれて散歩に出る。川原に行くのである〉で始まる「神様」から芥川賞を受賞した「蛇を踏む」を通って、初の書き下ろし長篇『いとしい』まで、川上弘美は長い旅をしてきたのだと思う。

時間にすれば、それはたかだか三年あまりにすぎないのだけれど、千と何日かの日々に川上弘美が創り出した言葉の連なりが、眩しいくらいに長い道程を思わせるからである。「神様」に見られる才気、意外性、異質性、表現の新しさは、日本の文学にひと筋の希望を与えたのだったが、『いとしい』を見るならば、川上弘美の作品は、三年余の間に、驚異的な進化をとげたというべきだろう。作者が物語のなかに変容を希求するように、川上弘美自身も変容したのである。

「神様」「物語が、始まる」「トカゲ」「婆」「蛇を踏む」「消える」などの小説によって、川上弘美は短篇の才能めざましい書き手として広く認知された。それと並行して、「あの文体では長篇は難しいのではないか」と危惧する声も聞こえていたのである。

持ち前の無意識的爽やかさで吹きかかる風を軽く躱（かわ）しつつも、長篇に向かう作者の姿勢には厳しい決意があったことだろう。一九九七年十月の刊行になる『いとしい』の構想は、それより遥か以前、「婆」が芥川賞候補になった九五年夏にはすでにすすめられていたらしい。「長篇がなかなか書けなくて」という作者のつぶやきを、その頃私は聞いていた気がする。

当時私は中央公論社の編集者だった。

川上弘美の作品中、例外的といってよいほどの苦心の果て、『いとしい』は書き上げられたにちがいない。絶讃を博したとか文学賞を受賞したとかいった、わかりやすい評価には惑わされず、作品にだけ虚心に対すれば、自ずと見えてくるものがあるのだった。

作品を流れる不定形のもの、変容するものへの憧れをうつくしいと思う。ラディカルであると思う。物語の展開の巧みさ、文章の繋ぎかたの滑らかさにも気づかされる。その他、感覚でとらえた修飾語の再生は、「外段階をかんかん下り」（p.63）「オトヒコさんの腕枕はふくふくとしている」（p.88）「ふるふると揺れている」（p.90）「ひやひやとあいかわらず、ただ立っていた」（p.192）「蟬がわんわん鳴いており」（p.239）などなど、たくさんある。また、主語として使われる妙なもの、「ねずみのようなもの」（p.149）「雲のようなもの」（p.210）「影みたいなもの」（p.221）「よきもの」（p.248）などが本当におかしくてならない。

さらにいえば、ページのそこここに仕組まれている実験性ゆたかな表現に打たれるのである。

「ひと三十六人と犬三匹と猫のべ四匹――猫は二匹だったが、それぞれが一往復したので、のべ四匹――をかぞえた」（p.69）

「ミドリ子の口から出る『セックス』という言葉は、不思議な印象を与えた。『のどあめ』『キツネザル』『潮騒』『かんかん照り』などという言葉と『セックス』という言葉の間にはもともと多少の溝があるのだと思っていたが、ミドリ子が発音する『セックス』は、それらの言葉のとなりにひょいとある言葉に思えた」（p.81）

「気配は、ミドリ子のものにちがいなかった。ミドリ子の意味のわからぬ涙や甘い声音や紅郎への強いまなざしが、細かな粒子として残泳しているのにちがいなかった」（p.180）

「ミドリ子の『ほーい』という声がするたびに、からだの中で何かが育っていくような感じになった。以前、紅郎の部屋でからだの中を何かが徘徊するように感じた、あのときと同じだった。雲のようなものは、かたまりのまま、ゆっくりと近づきつつあった」（p.211）

自分たちをとりまく現実に微妙な違和やずれを覚え、はみだしそうになる本のなかの生きものたち。彼らは存在することの不確かさに吐き気をもよおすロカンタンではない。より感覚的な生きものであり、自分たちの周囲の空気を受け容れられず、不安にふくれあがり、ねじれ、よじれ、変質してゆくのは、彼ら自身なのである。

自己を主張することのない液体みたいな、気体みたいな人物たちのなかでも、マリエ、ミドリ子、紅郎の造型は秀逸である。

『いとしい』は、恋物語とか恋愛小説とかいうよりも、愛の物語と呼ぶのがふさわしい。マリエと紅郎、ユリエとオトヒコ、カナ子とチダさん、チダさんとミドリ子、ミドリ子と紅郎……。どの愛も情熱関係はさらりとしているようなのに、たちこめる空気が濃密なのである。「セックス」はもっと何気なく、あっさり行為されるのであるが、それに付随する感情はなかなか複雑で悲しくもある。

つまり、愛も「セックス」の関わりも、変質するもの、移ろうもの、変わりゆくものとしてとらえられている。その意味で、作者の主題は、終始、強固であるといわねばならない。

滑稽さと悲しみと激しさと淡白さ。ここには、川上弘美の愛の小説に見られる諸要素が完備している。それらは、おとなの恋を描いた傑作「溺レる」に直結してゆくものなのだろう。

変わりゆくものとして、タイトルの〈いとしい〉という形容詞にも触れておかなければならない。形容詞がタイトルになる例は、きわめて稀れなことではないだろうか。〈いとしい〉は、リアルタイムの感覚、これから動いてゆくかもしれない、変わるかもしれない、もしかしたら消えるかもしれない、という不安定性をふくんでいる感覚だといえないだろうか。

考えぬかれ、重層的に作られているこの長篇小説においては、さりげなく置かれたタイトルにさえ、作者の意識は徹底しているものと考えられる。涼しい微笑の陰に、知略にみちみちた作家が存在しているのである。

人間ばなれした人間たちや動物ばなれした動物たちが入りまじって進行する、川上弘美の奇妙な世界では、たぶん、今日も何かが少し形を変え、不安の因子が、刻々と増殖していることだろう。

——エッセイスト

この作品は一九九七年十月小社より刊行されたものです。

いとしい

川上弘美（かわかみひろみ）

平成12年8月25日　初版発行
平成16年4月15日　7版発行
発行者――見城　徹
発行所――株式会社幻冬舎
〒151-0051東京都渋谷区千駄ヶ谷4-9-7
電話　03(5411)6222(営業)
03(5411)6211(編集)
振替00120-8-767643
印刷・製本―中央精版印刷株式会社
装丁者――高橋雅之

幻冬舎文庫

ISBN4-344-40006-2　C0193　か-8-1